なジュエル
胸を吸われて、びくっと小さく身体が跳ねた。
舌先で転がすような動きに、甘い痺れがじわじわ指先まで伝わっていく。

臆《おく》病《びょう》なジュエル

きたざわ尋《じん》子《こ》

ILLUSTRATION：陵《みささぎ》 クミコ

臆病なジュエル

LYNX ROMANCE

CONTENTS

臆病なジュエル

二十一回目の誕生日は、朝から腹が立つほどによく晴れていた。

とっくに花を散らした桜が青々とした葉を茂らせ、菜の花は可愛らしい黄色の花を咲かせている。それがアパートの窓からよく見えた。

これでもかと爽《さわ》やかな春を主張している草木や花に対し、田崎湊都《たざきみなと》の心は昨日から曇ったままだった。

日付が変わってすぐに、海外にいる家族からバースデーメールが届いたから、寂しいというわけではない。だがその瞬間にも、壁の向こうからかすかに聞こえていた声が、湊都を鬱々《うつうつ》とした気分にさせてくれたのだ。

溜め息をついて立ち上がり、出勤するために部屋を出た。

築二年という新しいアパートは二階建てで全八部屋であり、湊都の部屋は一階の奥から二つめだ。施錠《せじょう》しながらちらりと隣――一番奥のドアを見るが、住人が室内で活動している様子は感じられなかった。

無理もない。昨夜あれだけ盛り上がっていたのだから、まだ眠っていてもおかしくはなかった。連れ込んだ相手と一緒にベッドのなかなのだろう。

駅までの通い慣れた道を歩き、まだ慣れないネクタイの窮屈《きゅうくつ》さに顔をしかめる。

新入社員として働き始めて、一週間と少し。社会人としての生活にまだ慣れず、常にない疲れを感じる毎日だ。それは多分に精神的なものだった。職場の人間関係に問題はなく、指導してくれる先輩社員も上司もいい人だが、覚えなくてはならないことが多いのと、単純に新しい環境に慣れていないのとで、疲れを強く感じてしまうらしい。

湊都は高校卒業後、大学へは進まずにビジネス系の専門学校に入り、二年間学んでいくつか資格を取った。いまの会社の内定を取ったのは半年ほど前だ。大企業は自分に向かないと思い、小さくても優良と思われるところをまわっているうちに、この人の下で働きたいと思える社長に出会った。ディベロッパーとしては小規模だが、質のいい家を提供することには定評があった。何社か内定をもらったのだが、迷うことなくいまの会社に決めたのだ。だが二ヵ月もたたないうちにその社長は急逝してしまい、トップが変わった。少し迷いはしたが、亡き社長とともに会社を興《おこ》して苦楽をともにした人物だと聞き、予定通りに勤めることにしたのだった。

駅に着いてホームで電車を待っていると、ポケットのなかで携帯電話が震えた。高校のときから使い続けている電話だ。

表示された名前を見て、思わず表情が和《やわ》らいだ。

(達祐《たつひろ》先輩……)

毎年必ず祝いの言葉をくれる彼は、湊都の高校時代の先輩だ。たった一年しか同じ学校にいられなかったのに、いまだに交流は続いている。当時の同級生とはほとんど連絡を取り合っていないにもかかわらずだ。

湊都は小さい頃から、父親の仕事の都合で転校を繰り返してきた。長くても三年、平均的には二年で引っ越しをしていたので、高校も途中で変わった。達祐とは最初の高校で出会ったのだ。

メールを開くと、目にも鮮やかなデコメールだった。普段のメールは多少の絵文字は使っても、ここまでではないから、バースデーメールということで気合いを入れたのだろう。

くすりと笑ってから、慌《あわ》てて表情を引き締める。ホームで一人笑っているなんて、恥ずかしいことをしてしまった。

電車のなかで返事を打ち、下りる頃に送信した。通勤に使っている路線は座れるほどすいてはいないが、すし詰めになるほど混むこともない。たっぷり十駅分かけて打った文章は、礼のほかに近況報告や様子伺《うかが》いを含んだ長いものになった。

ふと顔を上げると、地下鉄の窓に自分の顔が映《うつ》っていた。少し伸びた前髪が鬱陶《うっとう》しそうで、そろそろ切らなきゃと唐突《とうとつ》に思った。とはいえ、自分で適当に切るだけで、わざわざ理髪店や美容院へ行くつもりもないが。

(いつ見ても地味……)

顔立ち自体は悪くない、むしろいいのにと、昔からいろいろな人に言われている。いいのに、の後には、「地味」や「目立たない」などの言葉がつく。ようするに、ぱっとしないのだ。

顔は男にしては小さく、鼻も口も小さいものの形は悪くないし、反して目は大きくきれいなアーモンド型だ。バランスも問題ない。なのに垢抜《あかぬ》けないせいか、イケメンの括《くく》りには入れてもらったことがなかった。「よく見ると整ってるね」と言われるのがせいぜいだった。

清潔であれば問題ないとばかりにシンプル一辺倒《いっぺんとう》の服装をし、ヘアスタイルも自分でハサミを入れているから、なんとなくもっさりしている。

身長は平均身長をやや切るくらいで、けっして大きくないが、小さいと言われるほどではない。きわめて普通だ。痩《や》せているのも、いまどきの青年としては珍しくない範囲だった。

ようするに目立つ要素がまったくない。大抵の場所で埋没してしまうタイプなのだ。

自分の顔から視線を外し、電車を降りて改札を抜けたところで、手にしたままだった携帯電話が震えだした。達祐からかと思ったが、相手は会社の先輩で、しかも電話だった。

こんな朝から、どうしたというのだろうか。

訝《いぶか》りつつも道の端へ寄り、なるべく静かそうな場所を探しながら通話ボタンを押した。

「はい、田崎です」

『いまどこっ？　とりあえず会社に近づいちゃダメだよ！』

やや切羽詰《せっぱ》まった声に面食らってしまう。四つ年上の先輩は冷静で落ち着いた人で、こんな大きな声を出すことなど、この一週間で一度もなかったのだ。

「え……駅です、けど……あの、どうしたんですか？」

『会社の前、ヤバイ感じのやつらがいるらしいんだよ。いかにもって車も停まってるそうだし。絶対近づかないほうがいい』

「ど、どういうことですか？」

『社長が逃げたみたい。さっき専務のとこに電話が入って、後は頼むみたいなこと言ったらしいよ。折り返して電話したみたいだけど、繋《つな》がらないって』

「逃げた……って……」

『携帯も自宅も両方出ないんだ。部長が社長んちまで車飛ばしてるけど、たぶん会社と同じ状態だと思う。いまいろいろ情報収集してるから、なにかわかったらまた電話する。とりあえず君は、そのまま帰んなさい。わかったね。私物もあると思うけど、諦《あきら》めること。いいね？』

「は……はい……」

電話が切れた後も、湊都はその場にしばらく立ち尽くしていた。

神経質そうな現社長の顔が脳裏に浮かんだが、それだけだった。突然のことに感情がついていかず、ショックも怒りも湧《わ》いては来ない。

（倒産……ってことか？）

先輩社員からその言葉は出なかったから、まだそうと決まったわけではないが、楽観的に考えられるような状況ではないだろう。問題がなければ社長はあんな言葉を残して連絡を絶ったりしないだろうし、会社の前に「いかにも」な者たちが待ちかまえることもないはずだ。

間違いないのは、現段階で湊都にできることはなにもない、ということだった。

重い足取りできびすを返し、出て来たばかりの改札をくぐる。そして戻った自宅近くの駅前で、落ち着くためにコーヒーショップに入った。

熱いブラックコーヒーを飲んでゆっくりと息を吐き出したとき、メールの着信があった。専務から一斉送信されたものだった。

（ああ……やっぱり……）

倒産、という文字が目に飛び込んでくる。動揺がないのは、すでに覚悟を決めていたせいもあるだろうし、勤め始めてまだ一週間ということもあるだろう。

やはり社長の家には債権者《さいけんしゃ》がおり、社長とその家族は不在であるらしい。顧問《こもん》弁護士なる人物が専務のところに連絡を寄越したというが、誰もそんなものがいることは知らなかったようだ。専務すら知らない仕事を社長がひそかに受けており、それが焦《こ》げ付いたのだという。

総合的に考え、計画倒産の可能性が高いという結論に達したようだ。

（俺はまだいいけど……ほかの人たち、どうするんだろう……）

心配して連絡をくれた先輩社員、ほかの社員や上司たちの顔が脳裏に浮かぶ。家庭を持つ者も多いし、会社への愛着や社長の行動に対するショックも湊都とは比べものにならないはずだ。今回のことで最も傷が浅いのは間違いなく湊都だろう。

たとえ今日が誕生日で、それを恋人から忘れ去られている状態だとしても。

それなりに踏んだり蹴ったりだが、空になった紙コップをいつまでも握りしめていても仕方ない。

いったん家に帰り、今後のことを考えようと思いながら店を出た。

帰りがけに就職情報が載っているフリーペーパーを手に取り、バッグに突っ込んだ。

駅からは十分弱。小さな商店が建ち並ぶ通りの一角に、二年前から住んでいるアパートがあった。

ほんの二時間ほど前に出て来たばかりの部屋に戻ろうと鍵を取りだしていると、隣の部屋のドアが開いた。

通学用のバッグを斜めがけして出て来た長身の青年は、湊都と目があうと、いまにも舌打ちしそうな不機嫌さを見せた。

「……おはよ、恭司《きょうじ》」

「ああ」

施錠する青年と、解錠する湊都がそれぞれのドアの前に立つ。気まずいと思うのは湊都だけで、向こうはなんとも思っていないようだ。

そのまま部屋に入ろうとすると、背後で声がした。

「晩メシ、魚な。刺身《さしみ》じゃなくて、焼くか煮るかしたやつ」

青年――保坂《ほさか》恭司は、振り返りもせずに靴を脱ぐ湊都を気にすることなく、ドアのところに手をかけた。もう一方の手にはスマートフォンがあり、視線もやらずにいる。

湊都の隣人にして、元同級生。そして一応、恋人であるはずの男だった。

「……わかった」

「たぶん八時くらい。ダチとレポートやっつけるから、二人分な」

どうやら今日は学生らしく過ごすようだ。友人まで呼んでやるということは、単位でもかかっているのかもしれない。もちろんただの友人でない可能性も高いが。

湊都は入ってすぐのキッチンに立ち、ネクタイを緩《ゆる》めながら湯を沸《わ》かした。さっき飲んだばかりだが、そんなことはどうでもよかった。

相変わらずスマートフォンをいじりながら、恭司は言った。

「さっき追い出したやつなんか最悪だったぞ。目玉焼きもまともに作れねぇんだぜ。僕、料理得意なんですーとか言ってやがったくせにさ。ったく、使えねぇ」

「ふぅん」

「身体《からだ》のほうは、まぁまぁだったけどな」

「あ、そう」

聞きもしないことをべらべらしゃべられて、気分は下降線をたどる一方だ。「まぁまぁ」などと言うわりに夜中まで盛り上がっていたものだが、口に出すのもいやだから右から左へと流すことにした。こんなことでいちいち感情を動かしていたら身が保《も》たない。

視線をあわせることもないままコーヒーを入れる準備をしていると、恭司は小さく舌打ちし、なにも言わずに行ってしまった。勢いよく閉められたドアに湊都が顔をしかめたことも知らないだろうし、知ったところでなんとも思わないだろう。

深い溜め息がこぼれた。

「完全に忘れてるな……」

去年までは誕生日くらいは一緒に過ごしてくれたものだが、今年からはそれもなさそうだ。去年だって誕生日当日、目の前で湊都がバースデーメールを受け取っていたから気付いただけで、そうでなければスルーされていた可能性が高かったのだ。

彼はとっくに湊都への興味をなくしたのだろう。だからこそ、こんな時間に社会人である湊都がアパートにいるのを見ても、なんの疑問も抱かなかった。

「言ってもしょうがないし」

本当なら恋人にこそ、勤め先がなくなったことを話すべきだが、言ったところで気のない返事をするのが関の山だと思うと、その気もなくなる。

まして最近の恭司は不機嫌なことが多く、相手をするのも疲れるのだ。言われたからには食事を作らないとさらに荒れるので、少し休んだら魚を買いに行かなくてはならないだろう。

コーヒーを入れるあいだにスーツから普段着に着替え、熱いカップを手にベッドに座る。わざわざ入れたコーヒーなのに、口をつける気にはなれなかった。ではどうして入れたのかといえば、それは恭司を前にして間が保たなかったからだ。彼がいなくなってからも、なんとなく最後まで作業をしてしまった。

手にしたマグカップを見て、憂鬱《ゆううつ》な気分になった。これは付き合い始めた頃に、色違いで買ったマグカップだ。案外頑丈《がんじょう》で、ちょっと落としたくらいでは割れないのだ。いっそ壊れてくれたほうがすっきりするだろうに。

　恋人であるはずなのに一緒にいると気まずくて、まともに顔も見られない。話を聞くことはできても自分からなにか言うのは億劫《おっくう》だった。いや、億劫というよりは、言っても意味がないからしたくなくなった、というのが正しいだろうか。とにかくずいぶんと前から、湊都と恭司のあいだには恋人らしい会話なんてなかった。恭司が勝手に浮気相手とのことを話し、食事や掃除などの家事について命じ、湊都が気のない返事をするのみだ。

　そして浮気はどんどんエスカレートする。仮にも恋人の誕生日を迎えた瞬間に、壁を一枚挟《はさ》んで浮気相手とセックスするなんて、恋人として最低の部類に入る男だろう。暴力をふるわないだけ、まだマシだと思うほかない。

　とっくに胸は痛まなくなっていた。憤《いきどお》りもない。あるのは虚《むな》しさや、自身への苛立《いらだ》ちだ。

（ていうか、浮気……じゃないのかも）

　本当に自分がまだ恋人なのか、それすら定かではない。湊都などただの隣人で、恭司自身はフリーのつもりなのかもしれない。

　そもそも湊都のなかに、恭司への恋愛感情などないのだ。かつては多少あったかもしれないが、友達の好きとの違いもよくわからないまま冷めてしまい、いまとなっては確認のしようもない。恭司にときめいた期間があまりにも短くて、どんなふうだったのか思い出せないくらいだ。

　一人の部屋でぼんやりとしているうちに、コーヒーはすっかり冷めた。先輩社員からの続報が入り、やはり倒産の道しかないらしい、と教えられた。

ちらりと就職情報誌に目をやったが手に取ることはしなかった。精神的にいろいろと疲れてしまい、これからのことを考える気にもなれない。

無性《むしょう》に誰かと話したくなった。だが家族がいる国はいまごろ真夜中で、とても電話などはできない。

そう思いながらも、指先はすでに動いていた。表示されたのは達祐の名前だ。彼からは、何時でも何曜日でも連絡してくれていい、と言われている。出られない状況のときは出ないだけだから、遠慮することはないと。

実際、彼の仕事は不規則らしく、日曜でも夜でも、仕事があるときはあるのだ。

ボタンを押してコールを聞いていると、四つ目の途中で回線が繋がった。

『どうした、湊都』

低く、そしてどこか甘い声が聞こえてきた。出会った頃から尾崎《おざき》達祐という男はそうだったが、誰にでも向けられるものでないことは知っていた。

「あ……えっと、メールありがとうございました。いま、大丈夫ですか？」

『おう。ああ、せっかくだから直接言っとくか。誕生日おめでとう』

「……はい。ありがとうございます」

自然と笑みがこぼれ、無意識のうちにこわばっていたらしい身体から力が抜けた。

『おい……なにがあった。様子が変だぞ。だいたい、なんでこんな時間にかけてきた？　具合でも悪いのか？』

会社を休んでいるとでも思ったのか、達祐は気遣《きづか》わしげな調子になった。すぐに気付いてくれたことが嬉しかった。

「具合は悪くないです。けど、会社が倒産するみたいで……」

『はっ？　ちょっ……待て、どういうことだ』

求められるままに、現段階でわかっていることを説明した。いくつか質問を交えつつ聞いていた達祐は、やがて大きな溜め息をついた。

『確かに計画的って感じがするな。で、あとはなにがあった？』

「え？」

『あったんだろ。ほら、言ってみろ』

「な……なんで……」

電話越しで、まだ少ししか話していないというのに、どうして達祐は気付いたのだろう。いつもの様子と違うとはいえ、理由としては「勤め先がなくなった」で充分のはずだ。

『会社のことだけだったら、もうちょっとテンションが違うと思うんだよな。おまえ、案外そういうとこ暢気《のんき》だろ』

「…………」

『当たりか』

「なんか……びっくりして、少しモヤモヤが飛んだ気がする……」

達祐の鋭さに感心するとともに、気にかけてもらえることに喜びを感じた。自分に無関心な恋人に会った直後だから余計にそう思えた。

ふっと息をついて、湊都は口を開いた。なにもかも達祐に打ち明けてしまいたくなった。

「あの……俺、恋人がいるって言いましたよね」

『二年以上前に聞いたな。あんまり話さねぇけど、まだ付き合ってんのか？』

「あー、うーん……微妙」

『なんだそれ』

正直に言うと、予想通り怪訝《けげん》そうな声が返ってきた。

恭司と付き合い始めたとき、なにかの弾《はず》みで恋人ができたことは報告したのだ。高校卒業と同時に隣り合わせに部屋を借り、暮らし始めたことも。だがそれだけだった。達祐は恋人についてなにも聞いてこないし、湊都も言うほどのことがなかったから、一度も話題にしないできたのだ。

「実はその……恋人とは、あんまりうまくいってなくて。っていうか、浮気癖がひどいんですよね。ゆうべも隣の部屋で、誰か連れ込んでやってたし」

『はぁっ？』

思わず電話を耳から遠ざけてしまったほど大きな声だった。苦笑しながら電話を耳に戻し、問われるままに、付き合い始めてからのことを話した。高校の同級生だったことは、恋人ができたという報告をしたときに言ってあるから省くことにした。

「最初はまぁよかったんですよ。最初っていっても、ほんの三ヶ月くらいでしたけど」

『たった三ヶ月で浮気しやがったのか。浮気相手ってのは決まってんのか？』

「そのへんはよくわかんないです。何人いるかも、知らないし」

『一人や二人じゃねぇのかよ。なんで別れねぇんだ。さっさと捨てちまえ、そんな男』

「っ……」

当たり前のように告げられた言葉に思わず息を呑んでしまった。恋人の報告はしたが、男だとは言っていなかったからだ。いくら可愛がってくれる先輩であっても、同性と付き合うなんて言い出せずに来た。打ち明けたことで、距離ができてしまうことが怖かったのだ。

『別れたくねぇのか？』

「ち、違……そうじゃ、なくて。男って……なんで……？　いつから……？」

『ああ、そっちか。そんなもん、ずいぶん前から気付いてたぜ。聞いてて、女って感じがしなかったんだよ。いまの話で確信したたし』

「そうなんだ……うん、彼氏……です」

『その最低彼氏と、なんで何年も続けてるんだよ。まさかＤＶとかじゃねぇだろうな』

「違いますって……！　そんなんじゃなくて、なんていうか……面倒くさくなってるっていうか。変な意地とかもあるし……」

『面倒くさい？』

「最初は俺も責めたんだけど、そのたびにとりあえずその場は謝って、もうしないとか本当に好きなのは俺だけとか言うんですよ。で、ごまかすようにエッチしたりとか」

二年以上も心情を吐露《とろ》できずにいたせいか、開いた口は止まらなかった。普通だったら言うのをためらうようなことさえ、すらすらと出てくる。

電話の向こうの達祐は、ふーんと低い声で相づちを打っていた。

「それでも性懲《しょうこ》りもなく繰り返すから、別れるって言ったこともあるんですよ。でもやっぱり謝って、しないってその場だけは言って、しかも別れるってのを撤回《てっかい》するまで、しつこいんです。そのせいで学校、何度か休んだくらい」

『ふざけてるな』

「そうなんですよ！　だってしまいには、抱かれたくて別れ話を持ち出すんだろう、みたいなこと言われて、もう呆《あき》れていいんだか怒っていいんだかわかんなくなっちゃって！　じゃあもう言うもんか、ってなっちゃって、今日まで来ちゃった感じ……」

その一言があって以来、湊都は浮気を責めることもしなくなり、恭司はますます浮気に精を出すようになった。

「もう一年くらいは、恋人らしいことしてないですしね。早く向こうから別れるって言わないかなぁ、と思ってるんですけど、なかなか……。家政夫代わりにできて便利だから、言わないのかもしれないけど」

言われなければやらないが、今朝のように食事の支度をしろと言われればするし、掃除や洗濯も定期的に命じられるのでしている。無視するとうるさいから、黙って従っているのだ。

『おまえ……投げやり過ぎるだろ』

「だって本当に面倒くさいんですよ。家事の手間より、顔あわせてなにか言われるほうがストレスになるし」

『それは恋人って言えるのか』

「正直とっくに恋人っていう自信はないです。というか、たぶん違うと思う」

湊都は昨夜から、ついさっきまでの恭司の行動をかいつまんで話した。ついでに達祐からのバースデーメールで気分がかなり浮上したことも付け加えておいた。

「俺があんな時間に戻ってきても、あいつは全然なんとも思わないんですよ。もう俺なんかに興味ないみたいです」

『興味以前の問題だろうが。恋人の誕生日に、ほかのやつ連れ込んでやってるとか……ありえねぇ。どういう神経なんだよ』

押し殺した低い声には怒気が強く含まれていた。

その気持ちが嬉しい。もはや怒りさえ湧かない湊都の代わりに、達祐が怒ってくれているのだ。

「きれいさっぱり忘れちゃってるんですよ」

『別れろ。で、こっちに来い』

「先輩……」

『続けてたって意味はねぇだろ。無駄な時間が増えてくだけだ。仕事もなくなったなら、ちょうどいい。俺が紹介してやる。そんなクズ野郎の近くにいつまでもいるんじゃねぇ』

達祐の言葉に納得しつつも、すぐには頷《うなず》けなかった。別れることに異論はないが、生活の拠点《きょてん》を変えるのはある程度の思い切りが必要だ。

ためらいが伝わったのか、達祐は小さく息をついてから言った。

『じゃあこうしようぜ』

「え？」

『日付が変わるまでにクソ野郎がおまえの誕生日を思い出して、祝いの言葉の一つでも言ってきたら、そっちで再就職。なかったら、俺んとこに来る。面倒くらい、俺がみてやる』

思わずくらりと来てしまうセリフだった。すでにこの時点で心は決まったようなものだったし、恭司が誕生日だと思い出すとは到底思えなかったが、儀式のようなものとして湊都は了承した。

「先輩、男前過ぎ」

『いまごろ気付いたのかよ』

「や、知ってましたけど」

高校時代から達祐は湊都に甘く、頼れる先輩だった。二歳上の達祐と同級生より親しくしていたのは、彼の隣がとても心地よかったからだ。

『あ、ちなみに別れるのが大前提な。賭《かけ》の結果がどうでも、やり直してみるなんて言うなよ。絶対別れろ』

「言いませんって」

誕生日を思い出したくらいで恭司が誠実な男に生まれ変わるはずがない。同じことが繰り返されるだけなのはわかりきっていた。

後十数時間もすれば、湊都の身の振り方は決定する。

案外今年の誕生日は悪くないかもしれないと、いくぶん軽くなった気分でそう思った。

新幹線に乗って二時間と少し。言われた通りに品川駅《しながわ》で降りた湊都の前には、三年ぶりに会う達祐の姿があった。

てっきり改札口で待っているのかと思ったら、降り立ったホームにいたのだから心底驚いた。まるで昔テレビで流れていた鉄道会社のコマーシャルみたいだった。

湊都が神奈川《かながわ》の高校から京都《きょうと》にある高校へと移ったのは、二年の秋頃だ。その翌年の春休みを利用して達祐が遊びに来てくれたのが、彼と会った最後だったのだ。それ以降は都合がつかなかったり、湊都に恋人ができたことに遠慮してか、達祐は会いに来なかった。

久しぶりに会った達祐は、記憶していたよりも大人びていて、同じくらいに男らしさも増していた。相当な長身であることも、日本人離れした手足の長さも相変わらずだし、しっかりとした体軀《たいく》も変わらない。見た目で変わったのは少し長めになったへアスタイルくらいのはずなのに、確実に数年前よりいい男になっている。

湊都は達祐の前に立つと、わずかに笑みを浮かべているその顔をじっと見つめた。知らない人の目には皮肉っぽい笑みに見えるかもしれないが、そうじゃないことはよくわかっていた。

立っているだけで絵になる男だ。おかげで周囲の人間が——主に女性がちらちらと彼に視線を送っている。

「……先輩、なんか……エロくなった？」

「おまえな……三年ぶりに会った第一声がそれかよ」

気の抜けた笑い声を聞いて、ああ変わらないなとあらためて思う。連絡を取り合ってはいたが、こうして実際に会うとやはり驚きもあるし、なにより安堵感《あんどかん》があった。

切れ長の目もすっと通った鼻筋も少し厚めの唇も、記憶していたものと同じなのだが、かつての彼はもっと荒《すさ》んだ雰囲気があり、立ち居《い》振る舞いもどこか乱暴だった。湊都の前では違ったが、当時の彼は周囲が距離を置きたがるようなところがあったのだ。

大人になったためか、いまではすっかり落ち着いて、余裕のようなものまで窺《うかが》わせていた。

「だって、すげー大人になったなぁって」

「なんで大人とエロいがイコールみたいになってんだよ」

いくぶん呆れた口調は軽く、しかも笑いながらだった。達祐はごく自然に湊都の手から大きなバッグを取って、促《うなが》すようにして歩き始めた。

「このために何号車かって、聞いてきたんですね」

「迷子になりそうな気がしたからな」

「なりませんって」

連れられるままに改札を出て、少し歩いてようやく外へ出た。なにか乗り物に乗るのかと思っていたが、徒歩で向かうようだった。

「家、近いんですか？」

「五分くらいで着く」

「え……」

駅から近いとは聞いていたが、まさか徒歩五分だとは思っていなかった。あらためて周囲を見まわしても、目に入ってくるのはなにかしらの店舗《てんぽ》やオフィスらしきものばかりだ。

「俺にとっては職場でもあるんだけどな」

「えーと……投資顧問会社なんですよね？　サービス業だって言ってましたけど……」

「詳しい話は着いてからだ。歩きながらすることもないだろ？」

「あ、そうですよね」

紹介してもらえるという仕事の内容を、湊都はまだ詳しくは聞いていなかった。慌ただしく今日を迎えたので時間がなかったというのもあるし、いきなり正社員というわけではなくアルバイトをすることになっていたから、話は上京してからでいいだろうと軽く考えていたせいもある。そのアルバイトもまずは面接を通らなければ始まらないのだ。

どのみち達祐の紹介なのだから大丈夫だろうという思いがあってのことだった。

なにしろ誕生日から、まだ三日しかたっていない。結局あの日、日付が変わるまでに恭司が祝いの言葉を口にすることはなかった。恭司の部屋で三人分の食事を作って、自分の食べる分だけを持ち帰って食べたが、恭司とは顔を会わせることもなかった。もちろん礼なんて言われていない。いつものことだった。

そして翌日、その旨《むね》を達祐に伝えた後の行動は素早かった。達祐はネットでその日のうちに業者を手配して、湊都の部屋にあった家財道具のほとんどを処分し、私物のなかから必要なものだけを送らせた。同時に駅至近のビジネスホテルに部屋を取り、湊都を移動させた。

ホテルに泊まったのは二泊で、そのあいだに湊都はいろいろな手続きと職場の人への挨拶《あいさつ》などをすませた。

別れの言葉は恭司に直接伝えていない。達祐が過剰に警戒し、手紙を送れと言ったからだ。隠れるようにして引っ越しをすませたのも、友人からの問い合わせには応じないよう家族に頼んだのも同じ理由だった。

本音としては、そこまでしなくても……と思ったのだが、何度も念を押すように約束させられたので言われた通りにした。

「家族にはなんて言ったんだ？」

「会社のことはそのままで、引っ越し先は達祐先輩を頼るってことで、納得……っていうか、むしろ大歓迎されました」

昔から家族──特に母親は、達祐のことが大のお気に入りだった。弟もなついていたし、父親も信頼していた。だからこの緊急事態に達祐を頼ったということは自然なこととして受け入れられたし、達祐ならば安心だと思われているようだ。

「母親に言わせると、俺ってここ何年か元気なかったらしいんですよね。だから、いっそ呼び寄せるか……みたいな話もしてたみたいで」

高校の友達と隣りあわせで住む、ということは言ってあったが、恭司が湊都の家族と対面したのは一度きりで、家族は達祐のときほどいい印象は持たなかったようだ。当然恋人だなんてことは言っていなかった。

「俺が恭司と仲違《なかたが》いしたんじゃないか、って思ってたみたいで。今度は達祐先輩だから大丈夫だねって言われました。うちの家族、先輩のこと大好きだから」

「そりゃ嬉しいな」

苦笑されてしまうほど、彼は田崎家へ来るたびに歓迎されていたのだ。そんな過去のことを思い出したに違いなかった。

「久しぶりに会いたいって言ってましたよ。秋に一時帰国するから、そのときに食事しましょうって、母が」

「楽しみだな。ああ、ここだ」

達祐はとあるビルの前で足を止め、すぐになかへと入っていった。

ちらりと見上げると、建物は四階建てのようで、一階はガレージだった。グリルシャッターと呼ばれる、細いパイプを組み合わせて作ったようなシャッターの向こうに二台の車が停まっている。一台はセダンで、もう一台はワゴン車だ。

達祐が入っていったのは目立つ観音《かんのん》開きのガラス戸ではなく、脇にある木のドアだった。ガラス戸はオフィス用で、木のほうは玄関といった感じだ。入るとすぐに階段があった。そのまま三階まで上がり、もう一枚ドアをくぐってようやく住居となるようだ。

「三階と四階が居住スペースだ。二階の踊り場にあったドアで、オフィスの二階と繫がってるんだ」

「裏口ってことですか？」

「ああ。客はガラス戸から入るから、こっちはスタッフ専用……というか、家族専用だな」

ここのオーナーは達祐の叔父《おじ》で、一人息子と暮らしている。達祐も数年前からここで下宿させてもらっているらしい。

訪れる顧客たちとは一階の応接室で応対し、二階へ上げることはない。二階にはパソコンや膨大な資料を収める部屋と、社長が寝泊まりする小部屋があるという。

「え、だって上に自宅があるのに……」

「三階に上がるのも面倒なんだと。最初からそのつもりで二階にシャワールーム作ったくらいだから、筋金《すじがね》入りだ」

ベッドも仮眠用のものがあるらしく、上の住居に戻るのは週に一日くらいしかないという。

三階にキッチンやバスルームなどの水まわり、ダイニングやリビングなどがあり、ほかに家主である達祐の叔父——梶本滋《かじもとしげる》の寝室があるが、さっきの話にもあったように週に一回、せいぜい二回しか使われていない。四階に部屋が三つあり、達祐と従兄弟《いとこ》がそれぞれ部屋を持っており、残る一室を湊都が使わせてもらうことになっていた。

「あ、そうだこれ。全然たいしたもんじゃないんですけど……」

駅で買った土産《みやげ》を差し出すと、達祐は苦笑しながらも受け取ってくれた。当たり障《さわ》りのない菓子なので、家人の誰かが食べるかもしれないし、客が来たときにお茶請《う》けとして出しても問題ないはずだ。

「気ィ使わなくていいんだぞ。とりあえず、そこ座って待ってろ」

リビングのソファを示されて、湊都は端っこにちょこんと座った。

L字型に配置されたソファは六、七人が余裕で座れそうなサイズで、添えもののように置かれているガラステーブルがずいぶんと小さく見えた。広いリビングには大型のテレビと湊都の背丈ほどもありそうな観葉植物、アート系の絵画と姿見が置かれている。続きのダイニングには六人が一度に食事のできるテーブルと椅子があるが、達祐の話を聞く限り、無駄な大きさであることは間違いない。

達祐は二人分のコーヒーをいれ、ミルクと砂糖も添えて出してくれた。

「先輩って、院生でもあるんですよね？」

達祐は経済学部の学生で、現在は為替《かわせ》レートと心理学を絡《から》めたテーマで研究をしている……ということになっているようだ。

「叔父の仕事を横から見て、わかったような気になってるだけなんだけどな」

「株のこと、全然わからないんですけど」

「ああ、それは必要ねぇよ。俺たちがやるのは、そっちじゃない。ま、そのへんは後でうちの上司から説明があるから。飲み終わったんなら、部屋に案内するよ」

「あ、ごちそうさまです」

「そのままでいい」

カップをテーブルに置いたまま、湊都は達祐についてフロアを一つ上がった。さきほどの階段でも行けるそうだが、普段は四階の出入り口は閉ざされており、家のなかの移動は内階段ということになるようだ。

「あれ……」

通された部屋には木製のベッドが置いてあった。シングルだがきちんとベッドメイクされているし、エアコンもついている。収納は作り付けのクローゼットがあって、なかには京都から送った荷物がそのまま収まっていた。家財道具はすべて処分したので、主に服や本だ。広さは六畳ほどだろうか。

「ものがねぇから、しばらくは不自由するかもしれねぇけど……」

「充分です。いや、ほんとに……えっとこのベッドって、もともとあったんですか？」

「従兄弟が使ってたやつだ。新しいの買いたいって言ってたから、引き取った。タイミングがよかったな」

よく見れば木には細かい傷がいくつもついていて、とりあえず新品ではなさそうなことが窺えたが、シーツ類は張りがあって新しそうだった。

「なにからなにまで、ありがとうございます」

「いや、下心があってやってるから、おまえが気にすることじゃねぇよ」

「は……？」

「ま、座れよ」

達祐は手にしていたバッグを床に置いてベッドに座ると、ぽんぽんと空いている部分を叩いて湊都を促した。

戸惑《とまど》いながらも座り、そのあいだも見つめ続けていたら、いきなりふっと笑われた。

「なんだ、気付いてなかったのかよ」

「え……いや、あの……」

「好きなんだよ。前からずっと、おまえのことが好きだった」

突然の告白に湊都はすぐ反応できず、まじまじと達祐を見つめた。

まっすぐで、どこか熱を帯びた目。表情は真剣そのもので、冗談でもなければ軽い気持ちで言っているわけでもないことがひしひしと伝わってくる。

昔からとても可愛がってもらってきた。だがそれは、あくまで後輩として――あるいは弟のようなものとして、だと思っていた。

だが達祐はいまはっきりと好きと言った。

とくんと心臓が跳ねるのがわかり、視線が落ち着かなくあちこちに動く。そして唐突に、あることを思い出した。

「あああっ、俺……恋人できたとか報告しちゃったり、普通に話したりしちゃって……っ」

ずいぶんと無神経なことを言い続けていたのではないか。ふいにそう気付いて、湊都は頭を抱えたくなった。

「いや、別にそれは気にすんな。こんなことでもなけりゃ自分の気持ちを伝える気はなかったしな」

「そういえば、どうして相手が男だって気付いたんですか？」

「なんとなくだな。女っていうイメージが湧かなかった。女の振りまわし方と違う気がしたからな。っていうか、告白に対するリアクションがそこかよ。喜ぶか困るか照れるかしろよ」

「ぜ、全部してますけど……なんか驚いちゃって……」

ずっと頼りにしていたし、こうしてまた一緒にいられることが嬉しいと思える人だ。そんな人から好きだと言われるのは、いろいろと複雑な気持ちだった。

何年も前からの付き合いだからか、妙な照れくささはあるし、これからの関係を考えると困惑もある。だがなによりも、こんな自分を想ってくれていることをありがたいとすら感じてしまう。

どう返事をしたらいいのだろう。達祐のことは好きだが、恋愛感情ではない。好きの種類が違う以上は断るべきだが、どう言えばいいのかが湊都にはわからなかった。どうすれば達祐を傷つけず、その後も関係を保っていけるのだろうか。それとも告白された時点で、以前の関係を望むことは無理なのだろうか。

「おい」

「は、はい？」

「なんかゴチャゴチャ考えてんだろ」

「いや、あの……」

「返事はまだいらねぇからな。っていうか、すんな」

「え？」

湊都の心情などお見通しだと言わんばかりに先まわりされてしまった。わかりやすかったのか、達祐はふっと笑みを浮かべる。

「いまの返事なんかわかってる。断ろうって考えてたろ？　だから、いらねぇ。とりあえず俺のこと、そういう意味で意識してくれればいいんだよ」

「でも……」

「ずっと片思いしてきたんだ。いまさら急がねぇよ。とりあえず前向きに考えて、しばらくたってから決めてくれ」

そう言われてなお返事をすることなどできず、湊都は黙って頷いた。

しばらくとは具体的にどのくらいなのか、現段階ではまったくわからなかったが、きっと頃合いを見て問われるのだろうと納得した。

「悪かったな」

「はい？」

「本当だったら来る前に言っとくべきだよな。けど、言ったらおまえが遠慮して来ないような気がしたからさ」

「う……それは……あるかも……」

「だろ？　で、こっちで何人か紹介するはめになるからな。ほかのやつに目がいかねぇように、先手打っとかないとって思って言ったんだよ」

「先手って……」

少し呆れてしまったが、露骨《ろこつ》にそれを出すのは憚《はばか》られ、とっさに下を向いた。だが顔に出ていたらしく、軽く頭を小突かれた。

「マジだぞ。答えを急がせないって決めたんだから、目移りする可能性は排除しておかねぇとな」

「しないですよ。だって、先輩以上の人なんて、そうそういないじゃないですか」

「おまえな……」

思ったことを言っただけなのに、達祐は苦笑まじりに溜め息をついた。

「えーなんですか、その反応。本当のことでしょ」

「当たり前のようにそういうこと言うなよ。好きな相手からそんなこと言われたら、いろいろテンパるだろうが」

そういうものかと想像してみたが、よくわからなかった。一時でも好きだと思った恭司を相手役に、たとえば自分から告白したとして……と仮定してもなお、湊都の心は乱されそうもない。

自分は恋愛に関する部分が壊れているか未発達なんだろうかと、いきなり心配になってきた。思えば恋に胸をときめかしたり焦がしたりなんていう経験はほとんどなかった。恭司のことは好きだったはずだが、浮気に感情が動いたことはあっても、それは失望や悲嘆《ひたん》であって、嫉妬《しっと》の気持ちはまったくなかった。

「どうした？」

「いえ……えっと……あ、そうだ。ずっと俺のこと好きだったみたいなこと言ってましたけど、それっていつ頃からなんですか？」

「高校んとき」

「そんな前からっ？　え、それって俺が転校する前ですよね？」

「ああ。よくつるんでた頃から好きだったぜ。けど、男同士だしな。さすがにやべぇだろ、って思って黙ってたのに、あっちで変な男に引っかかりやがって……」

「す……すみません」

それでも湊都が幸せならばいいと思っていたそうだが、先日話を聞いてもう黙っていられなくなったらしい。

「だったら自分が……って思いなおしたわけだ。男が相手ってのに抵抗なくなったんなら、願ったりだからな」

「そういう抵抗は……たぶんもともとなかったような……」

「マジか」

「別に男が好きってわけじゃなかったけど、女の子も特に好きじゃなかったから。あ、恋愛対象として、ですけど」

ようするに恋愛についてなに一つこだわりがなかったのだ。それは性別という、大抵の人間にとっては基本的な部分からしてそうだった。

多くは語らずとも達祐は悟ったらしく、また大きな溜め息をついた。

「とにかく、返事は俺のこと好きになるまですんなよ」

「は……？」

ほかの返事はいらないと断言されてしまい、苦笑いしか出てこない。ようするに諦める気はないということだ。

「よし、時間だな。面接に行くぞ」

気がつけば家についてから結構な時間がたっていた。あらかじめ言われていたように、これから湊都は上司となる男に会うため、二階のオフィスに向かう。仕事をもらえるかどうかはこれからの面接次第なのだった。

にわかに緊張しつつ立ち上がり、達祐についていこうとして、ふと気がついた。会ってからずいぶんとたっていたのに、ようやくいま気付いたのだ。

「先輩、身長伸びました？」

「あ？」

「伸びたでしょ、絶対伸びた！　俺なんて高二で止まったのに！」

最後に会ったときは湊都の目の高さが達祐の顎《あご》あたりだったのに、いまや首の付け根あたりになっている。少なく見積もっても十五センチは差がありそうな気がした。

「そうみたいだな。俺は二十歳ちょいまで伸びてた気がする」

「ずるいなぁ」

口を尖《とが》らせてみるものの、本気でそう思っているわけではなかった。人より優れた点が多々ある達祐だが、その多くは努力で手にしたものだと知っているからだ。羨《うらや》ましくなるほどの体格だって、彼が身体を鍛《きた》えているからこそで、縦にばかり伸びても仕方ないことはよくわかっていた。

「おまえはいいんだよ、それで」

「なんで」

「愚問だろ、そりゃ。抱き心地の問題に決まってんじゃねぇか」

「……意外と俗物なんですね」

「下心ありありだって言ったろ。必ず惚れさせて、恋人になるつもりだからな」

くしゃりと頭を撫《な》でるのは昔とまったく一緒だ。出会った頃から達祐はなにかと湊都の頭を撫でてきたものだった。当時は子供扱いされているようでよく口を尖らせたものだが、さすがに気にする年でもなくなった。あの年頃だったからこそ引っかかったことだったのだろう。

二階まで降りてオフィスに足を踏み入れると、パソコンに向かっていた男が顔を上げた。

シルバーフレームのメガネをかけた、スーツ姿の男だ。黙っていると知的で硬質な印象だが、目があってにこりと笑みを浮かべた途端、取っつきにくそうな印象はまったくなくなった。

頭だけ下げて挨拶の言葉を口にしようとすると、一瞬早く達祐の声がした。

「湊都、この人が俺の上司になる宇城《うじょう》さんだ」

「はじめまして、宇城涼介《りょうすけ》です」

「田崎湊都です。よ……よろしくお願いします」

「こちらこそ。着いて早々に申し訳なかったね。達祐くんが、なるべく早く雇用しろってうるさいもんだから」

「そ……そうなんですか？」

「うるさく言ったつもりはねぇが、着いたその日にしてくれとは言ったな。早いとこ身の振り方が決まったほうが、落ち着くだろ？」

達祐は湊都が採用されないとは微塵《みじん》も思っていないらしい。彼に限って根拠《こんきょ》のない自信で行動するとは思えないから、湊都の知らないところで密約が——というのはおおげさだが——交わされているのかもしれない。

「ま、とりあえず座って。飲みものが必要だったら達祐くんがいれてくれるかな」

「飲んできたばかりなんで」

「じゃ、早速話を進めようか。どの程度まで話したの？」

「オーナーが叔父ってことくらいだな」

「ほとんどなにも話してないってことか。じゃあまず、ここの説明から。ラダー・アセット・マネジメント、というのが達祐くんの叔父さん……梶本滋さんがやってる投資顧問会社の名前ね。で、Ｋコンシェルジュ・エージェンシーというのが、わたしたちの会社だ。オーナーは同じだし、客も重なっている」

投資顧問会社の顧客の一部——社長である梶本が問題のない人物だと判断した客が、コンシェルジュ・エージェンシーの会員になっているという。

「会員制……」

「そう。顧客サービスの一環と考えてくれればいい。提供するサービスは違うけれどね」

「というと？」

「わたしたちの仕事は、顧客のさまざまな要望に応じたサービスを提供すること。もちろん性的サービスや犯罪行為は除外でね」

「は……はぁ……」

説明されてもなお具体的なイメージは湧いてこなかった。それが顔に出ていたのか、達祐がくすりと笑った。

「一体なにするんだろう？　って顔だな」

「すみません、なんか……想像力なくて……」

「簡単に言うと、なんでも屋だ」

「本当にいろいろなんだよ。運転手をしたり、買いものを代行したり、食事に付き合ったりパーティーでエスコートをしたり」

「飼い犬の世話なんていうのもあったし、愛人と会っている時間のアリバイ工作なんていうのもあったし、浮気調査なんかもたまにあるな」

「会員の男女比は半々なんだが、うちを利用するのは女性が多いかな。時間を持てあましたご婦人が多いものでね」

「有閑《ゆうかん》マダムってやつですか」

「よくそんな言葉が出て来たね」

宇城は楽しげに目を細め、じっと湊都の顔を見つめた。笑みを浮かべているのに、目つきは妙な鋭さがあり、たじろいでしまった。

品定めをされているようだ、と思ったのは、あながち間違いではなかった。

「まずは、その見た目を改造しようか」

「は？」

「顧客は見目麗しい若い男を連れ歩きたがる。満足させるのも仕事のうちだ。つまりビジュアルはいいに越したことはない、というわけだ」

「は、はぁ……まぁそうですよね」

達祐は言わずもがなだし、宇城だって知的なインテリふうで品もいい。さっき立ち上がって移動したときに長身であることもわかった。達祐ほどではないが、平均ははるかに超えているだろう。

正社員は二人だけだというが、登録しているスタッフは男女あわせて十人近くにも及ぶらしい。いずれも容姿端麗《ようしたんれい》だという。

「ところで運転免許は？」

「持ってない、です」

「じゃ落ち着いたら教習所に通ってくれるかい？　送り迎えの需要は高いから、免許は必須《ひっす》なんだ。当面の生活は社長が見るっていうから、そのあいだにスキルを上げて。もちろん仕事と平行して、ということになるよ」

「はい。頑張ります」

採用してもらえるらしい雰囲気に湊都が頬を緩めていると、目をあわせていた宇城はふいに苦笑を浮かべた。

「あっさり働く気になってるけど、いいの？　あやしいと思わないのかい？」

「え、でも達祐先輩が社員やってるくらいだから、大丈夫だと思うんですけど……」

「信頼されてるねぇ」

「おかげさまで」

意味ありげな宇城の目つきと言葉にも、達祐は微塵も動揺を見せなかった。むしろ余裕の笑みを浮かべていた。

ふーん、と小さく頷いた後、宇城はもう一度湊都を見た。

「じゃ、最初の仕事を頼もうかな。社長の食事と着替えの供給を頼むよ。なんでも食べるけど、バランスを考えてよろしく」

「わかりました」

「湊都、行くぞ」

達祐に促され、湊都は立ち上がって頭を下げると、入ってきたドアから階段の踊り場へ出た。背中でドアが閉まる音を聞くと、ほっと安堵の息がもれ、肩からも力が抜けた。自覚していたよりもずっと緊張していたらしい。

「よかったです。なんとか雇ってもらえそうで」

「ま、最初から決まってたんだけどな」

「え?」

「さっきのは、仕事内容を知ってもおまえが引かないかどうか試してただけだ」

会社の形態を取っているとはいえ、仕事の内容はあの通りだ。人に説明するときも、変な印象を抱かれかねない。だからこその確認だった。対外的には、ラダー・アセット・マネジメントの顧客管理とフォロー、ということになるようだ。間違ってはいない。

「そうだったんですか……あ、えっとそれで社長のご飯というのは……?」

「ああ、それは俺たちの分と一緒に作って、一人前にして二階まで運べばいいだけだ。あの人、いくら言ってもまともに食うのは一日一食だけで、あとは食わないかシリアルバーか、って感じだからな」

「ああ……」

だからせめてその一食だけはと、達祐や宇城は心を砕いているらしい。夜が無理なときは、昼に食べさせたりするようだ。

「ま、とにかく台所とか風呂とか、家んなか見てまわれよ」

「はい」

リビングで寛《くつろ》ぐ達祐の視線を感じながら、湊都はキッチンを見せてもらうことにした。立派なシステムキッチンで、作業スペースも広いしコンロも三口だ。収納もたっぷりあるし、冷蔵庫も大容量。ビルトインのオーブンや食器洗い機まであった。充実の設備だ。

「そういえば……社長の息子さんもいるって言ってましたよね。その人のご飯も作ったほうがいいんですよね？」

「あいつは今日うちで晩メシは食わねぇからいい」

「あ、そうなんだ。えっと、なにしてる人なんですか？　っていうか、年いくつですか？」

「二十五。代官山《だいかんやま》で古着屋やってるんだ」

「へぇ……先輩に似てます？」

「全然。あいつは母親似なんだよ。ハーフの人だったたから、あいつはクォーターってことになるな。それっぽい顔してるぜ」

達祐によると、元叔母《おば》は叔父に愛想を尽かして出て行ったらしい。仕事面での評価は高いが、夫としてはあまりよろしくない人物だったようだ。

なるほど、と頷いていたら、達祐に呼ばれた。

「一つ提案……じゃねぇな、頼みがあるんだけどな」

「なんですか？」

「先輩ってのは、もうやめろよ。達祐でいい」

「さすがに呼び捨ては無理ですよ。えーと、達祐さん……？」

首を傾《かし》げるようにして言うと、達祐が手で顔を覆って下を向いた。心なしか、顔が赤くなっているような気がした。

「ヤバイ……」

「……達祐さん、可愛いんですけど」

「やめろ、馬鹿」

本当に可愛いのだから仕方ない。そう思ったが、言えば相当激しい抵抗にあいそうな気がしたので、ここは黙っていることにした。

夕食が載ったトレーを手に、湊都は達祐の案内で梶本のいるオフィスへと足を踏み入れた。

宇城がいたところはものが少ない事務所といった感じで、宇城のデスクと二つの事務机、休憩用としか思えないソファセットがあったが、梶本がいる部屋はもっと雑然とした印象だ。各デスクには二台もしくは三台のパソコンが載っていて、梶本もほとんど無表情でディスプレイを見つめていた。ほかに二人の社員がいるそうだが、事務や経理を担当している彼らはすでに帰宅していた。宇城も自分の仕事の合間には、こちらの仕事を手伝っているらしい。

湊都たちの入室に気付いて顔を上げた梶本は、ふっと表情を和らげた。途端に怖そうな印象が霧散《むさん》した。

年はちょうど五十だと聞いている。見た目は年相応で、真面目で誠実そうな人だ。達祐の母親の弟だというが、あまり似てはいないようだ。

指示されるままにトレイを会議用のテーブルに置くと、湊都はぺこりと頭を下げた。

「はじめまして、田崎湊都です。受け入れてくださってありがとうございました。よろしくお願いいたします」

「こちらこそ。不自由があったら、なんでも達祐くんに言ってくれればいいから」

「はい。えっと、どうぞ冷めないうちに召し上がってください」

冷蔵庫には食材が豊富に入っていて、どれでも好きに使っていいと言われたので、主菜のほかに副菜を二品、少なめの飯に香のものを載せた。飯が少なめなのは、梶本からの要望らしい。汁ものは厳禁だそうだ。

自分たちがいては食べづらいかもしれないからと、すぐに退室することにした。一時間後に食器を回収するのが常だという。

「大抵はドアの外へ置いてあるけどな。ホテルのルームサービスみたいに」

「って、ルームサービスってそういう感じなんですか？」

「運んできたときに、外へ出しとけって言われることもあるな。回収んときに部屋に入られたくないから、出す場合もあるし」

「ふーん……達祐さんは、よくそういういいホテルに泊まるんですか？」

誰と、と続けて尋ねそうになり、すんでのところで呑み込んだ。そこまで踏み込むのは失礼というものだし、なにより聞きたくないとも思ったからだ。

「仕事だぞ、仕事。調査の依頼なんかもあるからな、前に何日かホテルに詰めたことがあったんだ。客の滞在先のホテルでコーヒー頼んだりしたこともあったしな」

「へぇ……」

「そのうち、いいホテルでデートしような」

さらりと告げてキッチンに入っていく達祐を、湊都はぽかんと口を開けたまま見送った。我に返ったのは数秒後で、赤くなった顔をごまかしながら温めなおした味噌汁と飯をよそう。今日のメインであるチキンのトマト煮は達祐が盛ってくれた。

「そういや、こうやって二人で食うのは初めてだな」

　自然な流れで座る位置は向かいあわせになっていた。確かに言われたように初めてだ。高校時代は頻繁《ひんぱん》に昼食をともにしていたものの、当時の学校には学食はなく、購買部で買ったものや持参した弁当を、空き教室や校庭の片隅で食べるばかりだった。そのときは並んでいたり、互いの顔は見つつも少しずれて座ったりしていたものだった。

「……ですね」

「お、美味《うま》い。あの頃はなんにもできないって言ってたのに、成長するもんだな」

「必要に迫られて、なんとなく。達祐さんも、料理とかするんですよね？」

「俺も仕方なく、だな。おまえほど上手くはねぇよ。おおざっぱだし、レパートリーも少ないし、凝《こ》ったもんも無理だ。お、きんぴらも美味いな」

「よかった」

　湊都は頬を緩め、自分も食事を進めた。リップサービスもあるのだろうが、褒《ほ》めてもらえるのはやはり嬉しい。恋人だった恭司の口からはついぞ聞けなかった言葉だったからなおさらだ。その人のために作ったものを美味そうに食べてもらえるのは、こんなに嬉しいのだと教えられた。

「やっぱ、あれだな。おばさんと味が似てる」

「母親から作り方教えてもらったんです」

「なるほどな。なんか……懐かしい味っつーか、高校んとき思い出した。おまえの弁当、よくもらったもんな。何回か作ってもらったこともあったし」

当時、達祐の昼食は買ったパンやおにぎりばかりだったから、湊都は自分のおかずを分けたり、弁当を半分食べてもらう代わりに達祐のパンを少しもらったりしていた。そして母親が達祐の分を作ったことも何度かあったのだ。

「俺にとって家庭の味ってのは、田崎家の味なんだよな」

なんでもないことのように言ってはいるが、達祐の事情を知っている湊都としては少し複雑な思いだった。

昔から達祐は家族とのおりあいが悪かった。中学に上がった頃から本人の素行《そこう》も悪くなり、それなりの問題児だったらしい。湊都が出会ったときもまだ荒れている時期だったようだが、少なくとも湊都は達祐のそういった一面をあまり見たことがなかった。いまよりもぶっきらぼうで辛辣《しんらつ》な言葉を吐いていたが、湊都には優しい先輩で、なにかと気にかけてくれていた。

湊都と知り合ってからの彼は落ち着きを取り戻し、周囲からも浮くこともなくなったらしい。当時の担任からそう聞かされたものだった。

「おまえはなにも聞かなかったよな」

「え、まぁ……話したかったら、話すだろうなと思って」

「そういうとこ、昔から変わらねぇよな。だから変な男に引っかかっちまうんだよ」

「……すみません」

言われてみればまったくその通りだから、湊都は小さくなって頷いた。自分から相手のほうへ踏み込んでいこうとしないところが、恭司のときはかなり悪いほうへと作用して、都合のいい相手になったのだから。

「俺にしてみりゃ、そういうおまえが可愛くて仕方なかったんだけどな。変なとこでぽやーっとしてるし、面倒くさがりだし、そのくせ頑固《がんこ》だし。いまもだけど」

「う……」

湊都を見つめる達祐の目は甘さを含んでいて、見つめ返したままではいられなくなった。照れくさくて、落ち着かなかった。

「恋愛感情抜きにしても、甘やかしてやりてぇな……って思うんだよ」

「物好きだなぁ」

思わず自嘲《じちょう》がもれてしまう。恋人からずっと放置され、便利な召使いのように扱われてきたくらいなのだ。可愛くないとかつまらないとか言われてきたし、一緒に歩くことや人前で親しそうな態度を取ることさえ拒否された。

そんな自分に、どうして達祐ほどの男が、と思ってしまう。信じていないわけではないが、どうしてという疑問はあった。

「俺なんて……」

「こら」

窘《たしな》めるようにして言葉を遮《さえぎ》られた。きっと達祐は、湊都が続けて言おうとしていたことがわかったのだろう。

苦笑まじりの表情は、できの悪い子供でも見るようなそれだが、同時に慈愛や口惜しさも感じさせる複雑なものだった。

「重罪だな」

「はい？」

「元彼の浮気男だよ。湊都をこんな卑屈《ひくつ》にしてやがって」

「いや、卑屈っていうか……」

「湊都」

静かに言われ、無意識に背筋が伸びた。達祐の表情はむしろ甘いくらいに優しいし、声の響きにも咎《とが》めたり責めたりという色はなかったのだが、妙に身がまえてしまった。

「自分なんて……みたいなことは言ってくれるなよ。俺が聞きたくねぇから」

「……はい」

悪い癖なんだろうという自覚はあるし、達祐の気持ちも理解できる。好きな人が自分を否定するようなことを言っていたら、湊都だって悲しくなるはずだ。

小さく頷いて食事を再開させると、達祐は満足そうに笑い、また感想を言いながら次々と料理を平らげていく。以前はもっと豪快な食べ方だったはずだが、年齢なのか仕事の必要性からなのか、ずいぶんと食べ方がきれいになっていることに驚いた。

「ごちそうさま。美味かった」

ほっとしつつ、片付けようと立ち上がると、いきなり玄関のほうで物音がした。直接見えないが、誰かが入ってきたのがわかった。

「たっだいまぁ」

明るく弾んだ声のすぐ後で、声の印象を裏切らない風貌《ふうぼう》の青年が姿を現した。

背は湊都よりは多少高いが、線が細くて大柄《おおがら》という印象はない。聞いていた通り、いかにもハーフかクォーターかといった見た目で、かなりの美青年だった。

青年は持っていた大きな紙袋を二つとも床に落とすと、嬉嬉《きき》として湊都に近づいた。そしてためらいもなく、ぐっと顔を寄せてくる。

「ち、近っ……」

とっさに身体を後ろへと逃がしたが、テーブルがあるために限界がある。結局かなり近い位置から、強い視線を受けることになった。

間近で見ても、感心するほどきれいな顔だ。目の色は緑がかった薄い茶色で、くっきりとした大きな目は猫のようでまつげが長い。髪も自然な薄茶色らしい。

美人、というのが素直な感想だった。

「離れろ、近いんだよ」

不機嫌そうな達祐の声に、ようやく青年は離れていった。

「なるほどぉ、この子がたっくんのお姫さまかー。肌きれいだねぇ」

「は……？」

にこにこと邪気《じゃき》のない笑顔を向けられ、湊都はひどく戸惑った。しかも発言にはいろいろと突っ込みたい部分が多い。

姫はどうかと思うし、「たっくん」呼びも湊都にとっては衝撃的だ。しかも達祐は平然と受け止めているので、これが当たり前の状態ということなのだろう。

「湊都、こいつが従兄弟の梶本聖也《せいや》。これでも俺より三つ上なんて信じられねぇだろ」

「これでもとか信じられないとか、ひどーい。あ、そうだこれ服ねー。聞いたイメージで、いろいろ持ってきたー」

「サンキュ」

「じゃ、まずは髪切ろっか」

「はい？」

「たっくん、どっか適当なとこに新聞紙敷いてー」

「おう」

唖然《あぜん》とする湊都をよそに、二人はすぐに行動を開始した。まるであらかじめ打ち合わせでもしてあったようだ。

いや、間違いなくしていたのだろうと湊都は確信した。さっきもイメージがどうのこうのと言っていたし、宇城も見た目を改造しろと言っていたから、これはその一環なのだ。

たちまち散髪スペースが作られ、その中心に座らされて、ケープ代わりの布を首に巻かれた。どこから持ってきたものか、ヘアカット用のハサミまでが用意されていて、霧吹きで濡らした髪がシャキシャキと取られていく。

そのあいだに達祐は夕食の片付けをしていた。キッチンの拭き掃除まで完璧にやっているのを横目に見て、あれも仕事の一つとして身に着けたに違いないとひそかに頷いた。

あまり目を開けていると聖也のアップが見えてしまい、恥ずかしくなってしまうので、ほとんど目をつぶっていた。

どのくらいがたったのか、やがて小さく息をつくのが聞こえてきた。

「うん、いい感じ。はい、目ぇ開けて」

言われるままに目を開けると、正面に達祐が立っていた。

「いいな。軽くなった」

「可愛いよー、すごく。やっぱ僕って多才だよねぇ」

「器用貧乏の間違いだろ」

「たっくん可愛くない……」

口を尖らせる聖也は、とても二十五には見えず、むしろ達祐のほうが年上に見えた。

聖也は見た目こそ猫っぽくて、黙っていれば冷たそうな美人なのに、しゃべり方は緩くて笑い方も無防備な子供のようだ。湊都と違って可愛げがあるし、きっと彼のような人だったら、恭司だって喜んで連れ歩いたに違いなかった。

（ああ、ダメじゃん。さっき言われたばっかなのに……）

頭のなかからネガティブな考えを振り払っていると、ケープを取られてバスルームへと促された。毛がついているから、ついでに風呂に入ってしまえ、ということらしい。

「出て来たら、ファッションショーねー」

大きな紙袋二つ分の服を示され、思わず顔が引きつりそうになったが、これも仕事のうちと頷き、湊都はバスルームへ向かった。

「疲れた……」

ぐったりとベッドに横たわり、湊都は溜め息まじりに呟《つぶや》いていた。

風呂から上がって一時間以上も聖也の着せ替え人形だったのだ。次から次へと試着させられ、そのたびに聖也と達祐が見て意見を交わし、上下あわせて三十着は試したはずだ。

いずれも聖也が自分の店から持ってきたものだった。扱う商品は七割方がレディースだから、あま

り数は多くないと言っていたが、湊都にしてみれば多すぎるほどだった。しかも湊都の手持ち服も持ってくるように言われてセレクトされ、何着も没収されてしまったのだ。聖也が言うには「地味、安っぽい、似合わない」らしい。

本当に改造された気分だ。髪を切って、与えられた服を着た自分は、ずいぶんと垢抜けて見えたものだった。

おかげで少し気分が変わったようにも思える。新しい土地で、新しく始めたんだという実感が湧いてきた。失恋した女性が髪を切るという話も、わからなくもなかった。気分を一新するのにはちょうどいい気がする。

明日からは、いろいろと学ばねばならないが、とりあえず今日は眠ってしまおう。

目を閉じると、意識がすうっと落ちていきそうになった。自覚していた以上に疲れていたようだ。

それを一気に引き戻したのは、枕元に置いた携帯電話の着信音だった。

「っ……」

びくっとして顔を上げ、相手を確かめた。番号だけが表示されているが、誰なのかはわかってしまった。数日前まで登録してあった恭司の番号だ。アパートを出ると同時に消したが、着信拒否まではしていなかったのだ。

音が鳴り止んでから少しして、湊都は電話を手にした。メッセージが入っているし、メールの着信もあったようだ。

気は進まなかったが、聞くだけでも聞いてみようと再生してみることにした。すぐに耳慣れた声が聞こえてきた。

『俺だけど。あの手紙、どういうつもりなんだよ。夜逃げみたいなことまでしてるしさ。いまどこにいんだよ。怒らないから、ちゃんと説明しろよ』

メッセージはそれだけだったが、かなり苛立っているのは明らかだ。声の調子と、言葉の端々から伝わってくる。

「怒ってるじゃん……」

だからといって湊都への未練から、という感じではなかった。プライドを傷つけられたことへの怒り、あるいは不満としか思えない。自分が飽きて捨てることはあっても、湊都から離れていくなんて思ってもいなかったのだろう。あるいはいまでも、ちょっと話して宥《なだ》めれば戻ると信じているのかもしれない。

ふうと息をつき、湊都は携帯電話の設定をいじった。登録してある相手からしか、電話やメールを受け付けないように。

最初からそうしておけばよかったと苦笑し、音を消して携帯電話を置こうとしたとき、小さなノックが聞こえた。

「おやすみ」

ドア越しに達祐の声がし、すぐに隣のドアが開閉する音が続いた。どうやら返事も待たずに行ってしまったらしい。

湊都は思わず笑みを浮かべ、目を閉じた。

「おやすみなさい」

胸のうちの重たいものは、嘘のように消え失せていた。


宇城に呼ばれてオフィスに顔を出したのは、湊都が上京して三日後のことだった。

「簡単に言うと、浮気調査だね」

初日の対面のときと同じ配置で座り、湊都は説明を受けた。隣で達祐が小さく舌打ちするのが聞こえてきた。

達祐の態度はとても上司に向けるものではないが、それは宇城の要望らしい。曰《いわ》く、達祐に敬語を使われたり部下らしい態度を取られると気持ちが悪いのだそうだ。

「そっち系はNGって言ったよな、俺」

「聞いてるよ」

「だったらなんで。しかも初仕事なんて無茶もいいとこだ。俺でいいだろ」

「もちろん君にも手伝ってもらうよ。でも適任なのは湊都くんだと思うんだ」

「理由を聞いても？」

目をすがめて宇城を見据える達祐は、傍《はた》から見たら凄んでいるようにしか見えないだろう。実際、わずかながらも怒気のようなものも発している。

それでも宇城は涼しい顔だった。

「会員の女性は、夫に内緒《ないしょ》で投資をしているんだけどね……向こうにも秘密があったわけだ。夫は大学の教授で、ゼミの助手とデキてる……というのが会員さんの主張」

「どこの大学なんですか」

問いかけへの答えは、意味ありげな微笑みだ。宇城の顔を見た瞬間に、湊都ですらピンときた。

「うちかよ。学部は？」

「工学の畑野《はたの》って人」

「マジか……」

達祐はわずかに目を瞠《みは》り、やがて大きな溜め息をついた。少なくとも名前くらいは知っているようだった。

「面識は？」

「個人的にはねぇけど、顔はわかる。ま、それはいいとして……ようするに、湊都に学生として入りこめ、ってことか？　籍を置いてる俺がいるのに？」

「君は目立ちすぎるよ。学内で下手に動けば、すぐに噂《うわさ》がまわる」

「外なら俺が動いても問題ねぇだろ。浮気なんて、ホテルか助手の部屋か……あとは車中ってところだろうし」

「うん、ここまでなら話は簡単なんだが、その助手っていうのが男なんだよ。しかも教授は用心深い人らしくて、いかにもな行動は取らないらしい。研究室でセックスをしているかどうかはともかく、学会なんかで助手を連れて地方へ行っているときがあやしい、と会員さんはおっしゃっている」

確かに同性の助手ならば、出向いた先のホテルで同室だろうと誰もあやしまないし、研究室に泊まり込んでも普通のことと捉える。逆に、どうして浮気を疑ったのかが不思議なほどだ。

「妄想じゃねぇのか？」

「そうかもしれないが、依頼された以上は証拠をつかむ努力はしないとね」

「最悪の依頼だな」

「それはあくまで湊都くんにとって、だろう？　少し過保護すぎるんじゃないかな。君自身はどういう感じ？」

宇城の言葉に、湊都は少し首を傾げた。

浮気だの同性愛だのと言われても、特に傷は疼かないし動揺もない。あるのは浮気なんてことをする者への呆れと不快感だろうか。

「反省させてやりたい、っていう気持ちはある……かも」

「いいね。ぜひ尻尾《しっぽ》をつかんで、鬱憤《うっぷん》を晴らしてくれ」

「鬱憤……」

その言葉はすとんと湊都のなかに入ってきた。腑《ふ》に落ちるとはこういうことかと納得する。

湊都のなかに残っているのは、傷ついた心でも怒りでも、ましてや悲しみでもなく、昇華できなかった鬱屈《うっくつ》と、どこかすっきりしない中途半端《ちゅうとはんぱ》な気持ちだ。送った手紙には、会社がなくなったことや、もう恭司と続ける気がなくなったことは書き記したが、文句らしい文句は書かなかったのだ。いっそ言いたいことを全部書いてしまえばよかったのかもしれないが、いまさらだった。

「やってくれるだろう？」

「はい」

頷くと同時に、達祐の溜め息が聞こえた。

「そういうわけだから、達祐くんもフォローをよろしく」

「わかってる」

「すみません。せっかく気を遣ってもらったのに……」

「それは別にいい。おまえがいいなら、俺がとやかく言うことじゃねぇからな」

頭を撫でられて、気恥ずかしさに下を向いた。宇城が呆れているんじゃないかと思うと、とても平然と受け止められなかった。

達祐の手が離れていくと、待っていたように宇城が話を続けた。

会員の女性には離婚する気はなく、とにかく本当のことを知り、事実なら夫の行いを正したいそうだ。研究室に盗聴器を仕掛けたこともあるが、すぐに発見されてしまったという。それほど警戒しているのでさらに疑いを強めたらしいが、これは研究を守るためとも言えるので、宇城としてはなんとも言えないという。

「そんなわけで、早速明日から学生に扮《ふん》して行ってもらうから」

「具体的にはなにをすればいいですか？」

「そうだね……聞き込みは不自然じゃない程度で。あとは工学部の学生のふりをして、教室なんかで聞き耳を立てる……とか、その程度かな。本人たちに接触するのは、いろんな意味で危険だからよそうね」

「いろんな意味って……？」

気付かれる可能性以外にもなにかあるのだろうか。

疑問に思っていると、宇城はにっこりと笑った。

「教授と助手は、ゲイかバイっていう可能性があるわけだからね。君が餌食《えじき》になったら困るだろ。というか、もしそうなったら達祐くんに殺されちゃうな」

ははは、と軽く笑い、宇城はようやく資料らしきものを渡してくれた。当事者二人のプロフィールと写真、そして大学構内の案内図と工学部の日程表などだ。

あとのことは達祐と相談して決めることにした。

とにもかくにも初仕事だ。まさか探偵のようなことをするとは思っていなかったから、不安はかなりあるが。

「てっきり最初は犬の散歩かなにかだと思ってました……」

「ペアの仕事だから、達祐くんを頼ればいい」

「はい」

湊都はじっと達祐を見つめ、ぺこりと頭を下げた。

「あの、いろいろとご迷惑かけるかもしれないですけど、よろしくお願いします」

「任せろ」

ぽんぽんと、今度は軽く肩を叩かれて、初めてそこに力が入っていたことに気がついた。ふうっと息を吐き出すのと一緒に、力も逃がした。

「うん……なんていうか、湊都くんって小動物っぽいね。具体的になにと言われると困るけど、思わず撫でたくなる気持ちはわかる」

「触るなよ」

「撫でるくらいいいだろう？　狭量《きょうりょう》だな。湊都くんなら、おとなしく触らせてくれそうな気がするんだ。可愛い子やきれいな子は愛《め》でたいんだよ」

「おい、だんだん素《す》が出て来てるぞ。いいのか、新人の前で」

「おっと、まずいまずい。いまのは忘れて。わたしは生真面目な上司だからね」

艶《つや》っぽい表情でウインクをされても説得力の欠片《かけら》もありはしないが、大人の対応として頷いておくことにした。どうやら湊都に引かれないように、客の応対をするときと同じように振る舞っていたらしいが、早々に綻《ほころ》んでしまったようだ。

さして気にした様子もなく宇城は自分の仕事に戻っていき、湊都は達祐と明日からの調査のために話し合いを始めた。

緊張もしているが、どこか楽しみだと思っている自分がいる。

達祐がいてくれるのはやはり心強かった。


平均的な身長に、薄い印象。この二つの理由から、宇城は湊都が適任だと判断したらしい。

実際、キャンパス内をうろうろと歩きまわっていても、湊都に目をとめる者はおらず、思う存分に聞き耳を立てられる。あえて服装を無難なもの——聖也に言わせるといま一つなものにし、不慣れな新入生ふうにしているおかげでもあるのだろう。

潜入して一週間がたつが、いまのところ成果は得られていない。達祐もあやしまれない程度に聞き込んでいるが、畑野の噂など上がりもしないらしい。

湊都は学食に入り込み、さりげないふうを装い、目をつけていた学生の隣に席を取る。

二人連れの男子学生は畑野のゼミの学生だ。在籍しているのを確かめ、なんとか接触できないかと

様子を窺っていたら、ちょうど隣の席が空いたのだった。

二人はテーブルの上に専門書を置いたまま食事をしている。意を決して、湊都はおずおずといった態度で話しかけた。

「あの、すみません」

「は？」

ほとんど食べ終えていた二人は、怪訝そうに湊都を見た。

「突然、すみません。えっと工学部の方……ですか？」

ちらりと専門書を見やってから尋ねると、戸惑いつつも頷いてもらえた。

「そうだけど……」

「いまいろんな先輩にゼミのこと聞いてるんです。少しでいいんで、雰囲気とか、教授がどんな感じとか、教えてもらえると嬉しいんですが」

この手は頻繁には使えないから、在籍している学生のなかから、比較的話し好きでお調子者のコンビを選んだのだ。これは湊都と達祐が、それぞれに数日観察した上での人選だった。

思った通り、学生は気軽にいいよと言ってくれた。

「どちらのゼミですか？」

「畑野ゼミ」

「あ、そこは初めてです。厳しいですか？　教授ってどんな人なんですか？」

「きつくはないかなぁ。教授はよく泊まりこみでやってるっぽいけど、学生は泊まり込み禁止って言われてるよ」

「先生一人ってことですか？」

「いや、助手はいつもいるけど……泊まってるかどうかはわかんないなぁ。とりあえず、俺たちが帰るときも、朝行ったときも、絶対にいるって感じ」

「俺的には、やたらと掃除してるってイメージ。きれい好きなんだろうなーって思ってたけど、教授が潔癖《けっぺき》なだけかも。空気清浄機とか何台もあって一年中フル稼働だし」

「確かに」

学生たちの話は研究内容には触れず、専《もっぱ》ら畑野と助手の人となりや行動に終始した。簡単にまとめると、畑野は堅物《かたぶつ》で愛想も悪いが面倒見は悪くない、まずまずの人物であり、助手はおとなしくて気がまわり、学生にも親切だが、畑野の顔色を常に窺っている印象、という感じだった。

「ありがとうございました」

「おー」

ひらひら手を振って送り出してくれる二人に心のなかで謝りながら、湊都は足早に学食を離れた。

もちろん不自然ではない程度にだ。

今日の目的はこれで果たした。午後は教習所の予約を入れてあるのだ。

建物の外へ出て帰途《きと》につこうとすると、見知った姿が目に飛び込んできた。

遠目にもすぐにわかった。達祐が長身ということもあるが、バランスが取れていて、ただ立っているのに格好いいのだ。彼のまわりには三人の女性がおり、なにか熱心に話しかけていた。それを遠巻きに見ている者は多く、いかに達祐が注目されているかがわかる。

「相変わらずモテるなぁ……」

あの光景は高校のときから変わらない。取っつきやすくなった分、現在のほうがずっと寄ってくる人の数は多そうだ。

どうしてあんな人が、自分を好きだなんて言うのだろう。

不思議で仕方なかった。ひょっとすると達祐の「好き」は、ペットかなにかに対する「好き」と大差ないのではなかろうか。あるいは高校のときの「可愛い後輩」への気持ちを、恋愛感情と取り違えているのではないだろうか。

そんな考え自体が達祐に失礼だろうと思うものの、湊都のなかで納得のいく答えは出ないままだ。

あまり見ていると気付かれてしまうかもしれない。別に問題はないはずだが、湊都は意図して視線を外し、キャンパスの外へ向けて歩き出した。

オフィスに立ち寄って今日の報告をしようとしたら、宇城のところには意外な先客がいた。

もちろん会員ではない。彼らは二階にまでは上げず、一階の応接室で応対することになっているからだ。投資の件でもこちらのサービスでも同じことだった。

「どうしたんですか？」

ドアを開けた途端、目の前に聖也がいたのだから、驚くのは当然だろう。目を丸くしていると、聖也はにっこりと笑った。

「お疲れさまー。いまから報告でしょ？」

「あ、はい」

「じゃあ部外者は帰るねぇ」

笑ってはいるが、どこか言葉は刺々しかった。だが湊都に向けられたものではなく、デスクに座ったままニヤニヤしている宇城への攻撃だったようだ。効果はなさそうだが。

そのまま聖也は出て行ってしまい、戸惑いつつも湊都は宇城の前に立った。

「聖也さん、どうかしたんですか？」

「転職失敗で、拗《す》ねてるだけだよ」

「え、転職……？」

「それよりも報告をどうぞ」

「あ……はい」

まずは仕事と気持ちを切り替え、学生たちに聞き込んだことを話していく。とはいえ、今日もたいした成果はなかった。

すべてを聞き終えたあと、宇城は大きく頷いた。

「一緒に泊まり込んでるのは確実かな。自宅にも戻っていないようだし」

「ですね」

「だからって、デキてるとは限らないけどね。二人が一緒にいるところってのは、なかなか見られない？」

「はい。研究室に入れれば、見放題なんでしょうけど……思い切って、訪ねてみましょうか？」

「うーん、それは達祐くんに任せたほうがいいね。いま、ゼミの女の子に接触しようとしてるだろ。上手くいけば自然に研究室に立ち入れるかもしれない」

達祐は今日から一人の女子学生に近づいている。サークルが同じという友達がいたらしく、その友達を通して知り合う算段らしい。

湊都が成果を上げられないせいで、そうする必要ができてしまったのだ。

モヤモヤとした気分に、あやうく顔をしかめそうになった。

「お疲れさま。明日から、しばらく教習所を優先させていいよ」

「……はい」

頭を下げて退室し、三階に戻った。リビングには一足先に帰った聖也がいて、クッションを抱えたままごろりと横になっていた。

「お帰りー。今日はお店開けなかったから、代わりに買いものしといたよ。あとで冷蔵庫とかチェックしといて」

「はい」

家事は基本的に三人で分担することになっている。当番制ではなく、それぞれが空いた時間になにかしらの作業をし、すめばその報告をホワイトボードに書いて重複を防ぐのだ。

「たっくんは一緒じゃないんだー？」

「別々に帰ることにしてるんです。一緒にいるとこ見られると都合悪いし、達祐さんは別の役割があるから」

「なるほど」

「でも明日からは教習所に専念しろって言われちゃいました」

湊都がしょんぼりしているように見えたのか、起き上がった聖也は宥めるようにして頭を撫でてきた。やはりこれは子供扱いかペット扱いのような気がした。

「でもいまの仕事が終わったら、湊都くんは社員なんでしょ？」

「えーと……はい、たぶんそんな感じじゃないかなーと」

「いいなー、羨ましい」

「え？」

「俺なんて、いくら言っても絶対に社員にしてもらえないんだよー。宇城さんのケチ、バカー、遊び人めー」

「遊び人なんですか?」

「食いつくの、そこ? まぁいいや。うん、宇城さんはそうだよ。特定の相手を作らない主義みたい。あ、でも面倒くさいから不倫はしないって言ってた。特定の相手がいないから、何人と付き合おうと浮気でもないし」

「あー……そうなんですか。でもお互い割り切ってればいいと思いますよ」

「かもねー。で、明日はどっか行くの?」

「映画観ようってことになってます」

「いいなぁ、先週はお買いものデートだったでしょー?」

「デートじゃないです」

「雰囲気がデートなんだってば。たっくんって、湊都くんにはほんっと優しいよね」

「……はい」

達祐はなにかにつけて湊都を甘やかそうとするのだ。まるで恋人に見向きもされなかった数年間を埋めあわせようとでもいうように。

そしてことあるごとに湊都を褒め、好きだとアピールしてくる。

「好きでしょ?」

「……昔から好きでしたよ。だから、よくわかんないです。独占欲とか嫉妬って、恋愛感情に限ったことじゃないですよね？」

大好きな先輩だった。友人のようでもあり、兄のようでもあった。だからその好意が恋愛感情に変化しているのかどうかが、湊都自身にもわからないのだ。

「うーん、そうだなぁ。でも、友達への独占欲や嫉妬って、せつなさみたいなものは感じないような気がしない？」

「せつなさって、なんですか？」

「えー、そこから？　説明はちょっと難しいなぁ。だって感覚的なものだからさぁ……人それぞれじゃん。僕が言った判別方法だって、当てはまらない人もいるだろうし」

「………」

「たぶんね、そのときになってみたら、いやでもわかるよ。頭だけじゃなくて、全身で反応しちゃうからね」

いたずらっ子のように笑い、聖也は自室に戻りがてらまた湊都の頭を撫でていった。


聖也の言葉の意味を理解したのは、それから数日後のことだ。

学会が近く、そろそろ違う動きもあるのではないかという話になって、久しぶりに湊都も大学へ出向くことになったのだ。

「ほらぁ、やっぱ本当じゃん。ああいうのが好みだったんだ」

「えーショック……」

「あんな地味な女、全然似あわないよね」

近くで話している女の子たちの声が遠いように感じられる。

ついに尾崎達祐が落ちたと、学内でも話題になっているのは知っていた。だが実際に二人でいるのを見るのは初めてだった。

情報を得るため、達祐は数日前から畑野ゼミに籍を置く女子学生と接触している。一度きり声をかけるわけではなく、ある程度は親しくなろうとしているのだ。

だから湊都の視線の先で、達祐とその彼女が親しげに話しているのは当然のことだった。

当然なのに、胸の奥がぎゅうっと締めつけられるような気がして仕方ない。

(すごく自然……)

近くにいる女の子たちは好き勝手なことを言っているが、湊都から見れば充分すぎるほど釣り合いが取れているように見える。確かに派手さはないしメイクも控えめだが、知的で清楚《せいそ》で真面目そうで、近くで話している子たちよりもずっと好感が持てた。

やはり彼の隣には女性がいるべきだ。恭司は女性がまったくだめだったらしいが、達祐はそうじゃないだろう。

だったらなにも湊都を選ぶことなどない。いま見ている光景があるべき姿だ。

これ以上見ていたくない。そう思ったときに、ふいに達祐と目があい、とっさに湊都はきびすを返していた。

逃げるようにして立ち去り、闇雲に歩いて人の少ないほうへと向かう。ラウンジでのざわめきから、早く遠ざかりたかった。

頭のなかは達祐のことでいっぱいだ。自分は恋人でもないのに、まして達祐は仕事で女性と話しているだけなのに、これほどまでに心が乱されている。

達祐が笑いながら話しかけているのを見るだけで、どうしようもなく寂しくなってしまう。彼の視線や言葉がほかの人に向けられているだけで、胸の奥が締めつけられる。

痛いと思ったのは初めてだ。恭司が浮気したときも、不快だったし腹も立ったし、悲しいとも思ったが、痛いなんて思わなかった。

あのときは自分なりに恭司のことを好きだと思っていたけれど、本当にそうだったのだろうか。あれが恋だったなら、いまのこれはなんなのだろう。

(聖也さんが言ってたのって、こういうことなのかな)

この気持ちがせつなさだという確信はない。だが聖也が言っていた、全身で反応するというのは、きっとこのことだ。

感情のままに、まわりも見ないで歩き続けた湊都は、急に我に返って足を止めた。いつの間にか、あえていままで避けていたエリアに足を踏み入れてしまっていた。

目の前には、件の教授と助手がいた。研究室の前で、これからどこかへ行こうというのか、多くの資料を手にしていた。

畑野は湊都を見て眉をひそめた。湊都が足を止めたまま動こうとしないので、不審に思ったようだ。

「どうかしましたか？」

尋ねてきたのは助手のほうだった。遠目に観察することが多かったため、こんなに近くで見るのは初めてだが、今年で三十歳になるとは思えないほど若く見えた。

「あ、いえ……迷っちゃって……」

「一年？」

「は、はい」

どうしたものかと焦《あせ》っていると、険しい目つきをしていた畑野が湊都の背後に視線を移した。次いで足音が耳に入ってきた。かなり急いでいるそれだった。

「湊都」

「え……？」

どうして達祐が来たのか、困惑しながらも振り向いて彼を見つめた。ひどく心配したような、あるいは困惑したような顔の彼は、躊躇《ちゅうちょ》することなく湊都のすぐそばに立ち、あろうことか手首のあたりを握ってきた。

「せ……先輩……」

「先輩はやめろって言ったろ」

ムッとしながら握る手に力を込めたあと、達祐は畑野たちに向き直った。助手は目を丸くしており、畑野はどこか鼻白《はなじろ》んだような顔をしていた。

「すみません。こいつがなにかご迷惑でもおかけしましたか？」

「いや、そんなことは……ええと、確か君、尾崎くん……だよね？」

「そうですが……」

面識はないはずだが、助手は達祐のことを知っていたらしい。そのあたりの疑問が達祐の表情からわかったのか、慌てて言葉が付け足される。

「君、結構有名だから。うちの学生と付き合い始めたって噂も聞いたし」

「デマです」

達祐は強い語調で断言した。

「そうなの？」

「ただの友達ですよ」

助手への返答であるはずなのに、達祐の視線は湊都に向けられていた。その言葉もまた湊都へのものだった。

充分すぎるほどわかってしまったから、いたたまれなくて下を向いた。握られた手は相変わらず離れていかない。

達祐はどういうつもりなのだろうか。湊都がここにいた不自然さをごまかすためとはいえ、ここまではっきり姿をさらしたら、今後ひそかに探ることは難しくなるのではないだろうか。

俯《うつむ》いたままそんなことを考えていると、小さく誰かが息をつくのが聞こえた。

「古村《こむら》くん、行くよ」

「あ……はい」

苛立ちを隠そうともせずに畑野は歩き出す。くだらないことに時間を取られて不機嫌なのかもしれないし、たんに虫の居所が悪かっただけなのかもしれないが、学生たちから聞いていたイメージとは違うものだと思った。あれは堅物で愛想がないどころではないだろう。

「俺たちも行くぞ。ちょっと話がある」

連れられるままついていき、使われていない教室の窓際に座らされた。すでに午後の講義が始まっているようで、どこからかマイクで話している声が聞こえてくる。教室のなかには、ほかに誰もいなかった。

「なんで、あそこにいた……っていうか来たんですか？」

まず聞きたかったことを尋ねると、溜め息まじりの答えが返ってきた。

「おまえを追いかけて行ったに決まってんだろ。泣きそうな顔してるわ、目があった途端に逃げちまうわ。追いかけなくてどうすんだよ」

「う……」

「頭んなかで大暴走してそうだなと思ってさ。そうだろ？」

「暴走っていうか……なんか……」

「わかってると思うけど、あれは仕事な」

「わかってます」

「だったら、なんだ？　単純に俺が女の子と一緒にいたのがいやだったか？」

「……それもあります。あとは、その……やっぱり女の人のほうが自然だなとか思ったり、達祐さんゲイじゃないし、とか思ったり……」

自分でもまとまりきっていない考えを、ぽつりぽつりと口にしていく。言葉にしてしまえば、たったそれだけだった。

「ゲイじゃねぇが、バイセクシャルかもな。湊都が女の子だったら、ノーマルだっただろうけど」

「なんですか、それ」

「湊都がいいって話。性別が些細《ささい》な問題だなんて言う気はねぇけど、諦める理由にすんのはもうやめた」

高校のときに告白しなかったことを後悔したからだと彼は言う。あのときに押していれば湊都は落ちたんじゃないかと考えているようだし、湊都自身もそうだろうと思っていた。

簡単に流されるつもりはないが、いつまでも抗《あらが》っていられないタイプなのも確かだ。好きだと言われ続けたり、熱心に口説かれたりすると、つい絆《ほだ》されてしまいがちなのだ。もちろん相手に好意があってこそだが。

「おとなしくしてろよ」

ぐっと手を引かれて勢いのまま、達祐の腕に飛び込む。そのまま抱きしめられそうになり、慌てて両手で胸を押した。

「ちょっ……こんなとこ誰かに見られたらどうするんですか……っ」

「どうもしねぇよ。なんでこんなときばっか素早いんだよ。抱きしめるくらいさせろ」

教室には誰もいないが、ドアは開け放したままだ。いつ誰が通るかもわからないし、窓辺なのだから外からだって見えてしまう。隣の棟《とう》からだって丸見えなのだ。

「くらい、って……！」

「見られて困ることなんてねぇしな。おまえがいやなら、やめるけど」

「いやじゃないし、俺は困らないけど！　だって、ここの学生じゃないし、こっちにも知り合いほとんどいないし。でも達祐さんは違うでしょ？」

「別にホモの噂が立ったって、かまわねぇよ。親とは断絶状態だし、会社はそのへん気にしないでいいしな。おまえの家族にバレると困るけど」

気にするのは湊都の家族からどう思われるか。達祐としてはそれだけが問題のようだが、海外にいる彼らの耳にまで届くことはそうそうないだろう。

それに、と達祐は続けた。

「考えがあるから、あわせろよ」

「え？」

「たぶん助手が見てる。向かい側の二階の端だ」

相変わらず視力は並外れていいらしい。湊都の視力は特別よくもないが悪くもないといったところなので、きっとよく見たところで助手の姿など見つけられまい。

「作戦変更だ。さっき二人がいるとこ見て確信したぜ。あれやっぱデキてるな」

「なんでわかったんですか」

「んー、カン。つーか、空気感みたいなもんだな。で、顔突きあわせちまった以上、利用しない手はねぇってことだ。行き詰まってたから、ちょうどいい」

「どうするんですか？」

二人がかりの学内調査、ほかの者による外での調査でも、まったくボロが出なかったのだ。噂すらつかめない。ならば思い切ってアプローチを変えるのも手だ。湊都の迂闊《うかつ》な行動のせいで変えざるをえない、というのもあるが。

「話があるって言って、研究室に入りこむ。そうだな……さっきのことを黙っていてほしい、って言いに行くのはありだな。俺たちが恋人同士ってのを隠したがってる、みたいな感じでな」

「なにか仕掛けるんですか？」

「小型のレコーダーを置いてくるってのはどうだ？　あれなら電波出ねぇから、発見機にも引っかからねぇだろ。その分、回収すんのが面倒だけどな。電池もあんまり持たねぇしな」

用心のためなのか、顔を寄せて小声で話す様子は、遠目に見れば甘い言葉でも囁《ささや》いているように映ることだろう。

いつになく近い達祐との距離に、湊都の気持ちは穏《おだ》やかではなかったけれども。

今度は抵抗しないと確信しているためか、ことさらゆっくりと引き寄せられ、そのまま腕に閉じ込められた。

髪を梳《す》く手が心地いい。伝わる熱も、かすかに感じる息づかいさえも、湊都をひどく甘い気分にさせてくれた。

「今日は一緒に帰ろうな。教習所、入れてねぇんだろ？」

「はい」

「あー、それなんだけどさ、そろそろタメ口でいいんじゃねぇの。もう先輩後輩ってわけでもないんだし。同僚だろ？」

「職場でも先輩後輩ですよ？」

そして現在は、一応仕事中だ。たとえプライベートのときに言われたとしても、すんなりとは頷けなかっただろうが。

「いいから呼べって。急に全部とは言わねぇから、意識して変えてけよ。先輩から恋人へのシフトは、まず形からな」

「え、シフト前提……？」

「前提」

にやりと笑い、達祐は湊都のこめかみにキスをする。故意に音を立てることも忘れなかった。

こんなことで赤くなるほど初《うぶ》ではないはずだった。恋人がいた身だし、キスだってセックスだって、何回もしてきた。

なのに顔が熱くなったのをいやというほど自覚してしまった。

「あー、ちくしょう。くそ可愛い」

達祐が発した言葉は「可愛い」を除くと悪態《あくたい》に使うようなものばかりなのに、声に喜色《きしょく》がまじっているせいか、まったくそんなふうには聞こえなかった。むしろやに下がってるのが容易に想像できてしまった。

「俺のこと可愛いなんて言うの、達祐さんだけですから」

「そんなことねぇだろ？　聖也も言ってたろ。おまえの両親だって溺愛《できあい》じゃねぇか。弟だって自慢してたぞ。僕のお兄ちゃんは可愛いんだ、って」

「はっ？」

達祐が言う昔とは、湊都の高校時代のことだ。そして五つ違いの弟は当時小学生だったはずだった。

「俺もそう思う、って同意しといた」

「小学生とどんな会話してたんですか……」

「共通の話題がそれくらいしかなかったんだよ。そろそろ行くか」

達祐は窓のほうへ視線をやることなく湊都を促した。そのまま廊下へ出て、外へ向かって歩き始める。相変わらず人の姿はまばらだった。

並んで歩きつつも、さすがに密着はしなかったし、不自然でない程度の距離を保った。達祐は平気そうなことを言ったが、やはり無用な騒ぎは起こさないほうがいい。

「尾崎くん」

建物から出ようとしたところで、遠慮がちな声が聞こえた。静かな廊下に、それは思いのほか大きく響いた。

振り返る前から相手が誰かはわかっていた。

「なんでしょうか」

達祐は足を止め、古村という助手を振り返った。その際に湊都を古村の視線から隠すように、さりげなく身体の位置を変えた。

「少し時間をもらえないかな。その……相談があるんだ」

ひどく言いにくそうなのは当然だろう。なにしろついさっき初めて言葉を交わしたような間柄なのだから。

（かかった……！）

罠《わな》も仕掛けていないうちから獲物がかかったような気分だ。猟場に着いた途端に、手のなかに獲物が落ちてきたと言ってもいいかもしれない。

顔が緩みそうになるのを必死で取り繕《つくろ》った。そして背中に隠された理由を悟る。こんなふうに顔に出た場合の予防策だったのだ。

「相談と言われても……」

「君たちだから、話を聞いて欲しいんだ。ほかにそういう知り合いはいなくて……」

「そういう、というのは……恋愛関係のことですか？」

声をひそめての問いかけに、古村は大きく頷いた。

すぐに食いつくことはせず、達祐は少し考えてみせてから、振り返るようにして湊都に視線を向けた。どうする、と尋ねるように。

ここで承諾《しょうだく》するのが流れというものだろう。達祐の目がそう言っている。

「い……いいけど」

「だそうなので、話くらいは聞きますよ。でもここでする話じゃないですよね？」

「もちろん。ラボに来てくれる？　先生はいないから」

畑野は私用で学外へ出たらしい。さすがにプライベートなことでは古村が同行するわけでもないようだ。

どうやら古村が見ていたというのは本当だったらしい。このタイミングは間違いないだろう。

連れられて研究室に入り、お茶まで出してもらった。学生はおらず、いまは三人きりだという。畑野が戻るのは二時間後らしかった。

「相談というのは……？」

「あー……うん。その前に確認させて欲しいんだけど、君たちは付き合ってる……ってことでいいんだよね？」

「はい」

堂々と返す達祐の隣で、当たり前のように湊都は手を繋がれていた。へたにしゃべらないほうがよさそうだから、ここは内気でおとなしい青年を装うことにした。

「隠す気はないんだね」

「わざわざ言う気はないですが、バレたなら否定はしませんよ。というか、さっき会っただけで、わかったんですか？」

「いやだって、かなりわかりやすかったよ」

「わかりやすかったですか」

「かなり。ほんとに隠す気ないんだね」

呆れているような、あるいは感心するような口調でそう言い、古村は自嘲するように笑った。その意味を、湊都は黙って考えていた。

畑野と古村の関係が推測した通りだとしたら、彼らの関係はまったく逆ということになる。古村の様子から鑑《かんが》みるに、徹底して隠したがっているのは畑野だろう。

「隠さないで、堂々と付き合いたい……って言ってるように聞こえますが？」

「っ……」

「ああ、やっぱり。教授ですよね？」

「なに……言ってるの……」

動揺を見せまいとしているが、湊都にもはっきりわかるほど露骨だった。油断していたせいもあるだろうし、指摘したのが達祐ということもあるだろう。自分とは無関係の同性カップルが相手だから、気が緩んでいるのかもしれない。

やがて古村は大きな息をついた。

「わかりやすかった？」

「ええ、かなり」

さっきとは立場を入れ替えた言葉を交わしあってから、気が抜けたように笑みを向けてきた。観念したというよりは、溜め込んでいたものを吐き出してすっきりしたという感じだった。

「こんなことというのはあれですけど、不倫……ですよね」

「そうだね。男同士の上に不倫なんて、不毛すぎるだろ……って自分でも思ってるよ」

「だったらなぜ？」

「好きだったんだ。でもさ、なんか疲れちゃって。まわりにバレないように奥さんにバレないようにって、ひたすら隠すことばっか考えてるんだよね」

「教授は離婚を考えてないんですか？」

「ないよ。絶対にない」

古村は強い口調で断言した。彼が見せる諦めのなかには、微塵も希望らしいものがまじっていない。そう思わせるだけのことがいくつもあったのだろう。

そして湊都たちは、依頼者の側からも、裏付けになるようなデータをもらっている。

畑野の研究は、妻の実家からの援助なしでは続けられないのだ。投資ではなく援助の意味あいが強いのは、研究のテーマが利益に繋がりにくいものだからだ。

「別れたらいいんじゃないですか？」

「前に言ったよ。そうしたら、やんわり脅《おど》された。研究者としての君の将来を潰したくない、って。僕だってトラブルは避けたいよ。あの人とこんな関係になっちゃったけど、いまの仕事は昔からの夢だったし……」

「それで、ずるずる関係を続けてるってことですか」

「まぁね。あの人が飽きるのを待ってる、って感じ。結局さ、同じなんだよ。あの人も僕も、お互いより研究や立場を取るんだ。恋や愛で人生を潰す気はない」

話しあいの脇で、湊都はぼんやりと考えていた。果たして自分はどうなんだろうか。彼らと同じような立場になったとき、どう判断を下すのだろうか。

想像するのはなかなか難しい。湊都には捨てたくない立場も将来もないからだ。どうしても捨てたくないものがあるとしたら、それは家族だろう。

（もし家族に大反対されて、別れなかったら縁切るって言われたら……）

ちらりと達祐を見たら、急に息苦しくなった。ありえない話ではない。達祐と付き合うことになったとしても、わざわざ家族に報告する気はないが、なにかの拍子《ひょうし》にバレる可能性はあるのだ。

これが恭司だったら話は簡単だ。湊都は迷わず家族を選ぶ。だが達祐はそうもいかない。

「湊都」

「は……はいっ……？」

我に返って顔を上げると、二人に見つめられていた。すでに達祐は立ち上がっていたから、話は終わったのだろう。どっぷりと自分の考えに浸《つ》かっていて、まったく聞いていなかった。

反射的に立ち上がり、達祐の少し後ろで控えようとすると、当たり前のように腰を抱かれた。

「じゃあ、連絡しますので」

「よろしく」

古村はドアを開けて外の様子を窺い、達祐を見て頷いた。出ていくところを見られても問題がない状態ということだ。

湊都は頭だけ下げて達祐に連れられるまま廊下へ出た。

歩き出すと、すぐ背後でドアが閉まる音がした。

「えっと……」

「帰ってからな」

並んで歩いて建物の外へ出た頃、ちょうど学生たちが教室の外へ出始めた。いくつもの視線が達祐に集まり、一緒にいる湊都のことを気にし始めた。声は聞こえなくても、視線と雰囲気で、わかってしまった。

自然と湊都は下を向く。今度大学に来るときは、メガネの一つでもしたほうがいいかもしれない。

「失敗したな」

「ですよね……」

「湊都が可愛いって気付かれた」

「は……？」

ぽかんと口を開けて見上げると、また「可愛い」などと言われた。

気恥ずかしくて視線を外し、なにも言わずに歩くと、達祐はそれ以上なにも言わなかった。

大学から家までは、電車と徒歩で三十分ほどだ。たったそれだけの時間に、達祐がいかに人目を集めるかを思い知らされた。電車のなかだろうと歩いていようと、彼に目をとめた女性は、かなりの確率で視線で追いかけてくるのだ。

家にたどり着く頃には辟易《へきえき》してしまった。

「よくあれだけの視線浴び続けて、平気ですよね……」

「慣れだ、慣れ。それより言葉遣い、すっかり戻ってるぞ」

「あ、そうだった。気をつけま……つける。えーと、それで話はどうなったの？」

「心当たりがあるから、何日か待ってくれってことになった。依頼者に連絡して、助手の言い分と希望を伝えようと思ってる」

「荒れないかな」

「利害が一致してんだから、問題ねぇだろ。いまさら騒ぎ立てるとは思えねぇ。だったら最初から旦那《だんな》に詰め寄ってるさ」

それができない、あるいはしたくないから、わざわざ依頼してきたのだ。依頼者である会員は、きっと最後まで調査させた事実は明かさないはずだ。

「具体的にはどうするの？」

「いくつか提案するけど……たとえば、助手に手引きさせて、依頼者が浮気現場に踏み込む……とかだな。言い逃れできねぇだろ？」

「まさか、最中にじゃないですよね……？」

「セックスの最中ってことか？　そのへんは当人たちに任せるさ。キスで充分だと思うけどな」

ようするにただならぬ関係であるという片鱗《へんりん》でもあればいいのだ。きっかけにすぎないので、依頼者がそこから冷静に追及し、助手が言い逃れできない形で反応する。あとは依頼者が上手く転がすだろう。

「そういや勢いで偽装カップルになっちまったけど、このまま本物にならねぇか？」

「それは……」

「俺のこと好きになってるだろ？」

「たぶん」

それは間違いなさそうだと思う。ただかつて恋だと思っていたものとずいぶん違うから、いまは戸惑いのほうが大きいが。

「たぶんかよ」

「……さっき、考えたんです。もし家族に反対されて、別れるか縁切るかって言われたら、俺どうするんだろうって」

「うん」

「どっちもいやだって思うのは、わがままかな。達祐さんのこと、好きな気持ち足りないってことなのかな」

達祐を選ぶと言えない自分には、恋人になる資格なんてないんじゃないだろうか。そんなふうに思えてしまうのも、はっきりと好きと言えない理由の一つだ。

もう一つの理由は、ずっと取れずにいる胸のつかえのせいだ。喉に刺さった小骨のようなそれが、達祐の恋人になることをためらわせているのだ。

うなだれていると、達祐はこつんと額をあわせてきた。

「足りないとかいう問題じゃねぇだろ。つーか、湊都の家族と俺が同等っての、すげぇことだぞ。俺はもう親と縁が切れてるようなもんだけど、おまえは違うだろ。仲いいもんな」

「でも……」

「わざわざ言わなくてもいいと思うし、もしバレて反対されたらどっちも手に入れればいいんだよ。俺は離れねぇから」

達祐が言うとずいぶんと簡単なことのように聞こえるし、実際に彼はそうするのだろう。いま湊都の手を強く握っているように。

どうして、という思いは、相変わらず湊都のなかに根付いていた。

「なんで俺なんですか？」

「またそれか」

「達祐さんの気持ちは疑ってないけど、理解はできないんだ。俺だったら、俺を選んだりしないよ。自分で言うのもなんだけど、特徴ないし」

「おまえ自分に自信なさすぎ。元彼の刷り込みなんだろうけどさ、そんなの忘れろよ。そいつがどれだけのモテ男か知らねぇけど、湊都への扱いとか浮気とか、いろいろ考えて、ろくな男じゃねえぞ。そんなやつの評価と、この俺の評価と、どっちが信用できる？」

「達祐さん」

即答だった。客観的に見ても達祐のほうが人としてまともだし、そもそも恭司に対する信頼はゼロに近い。

「だろ?」

「うん」

「キスしよっか」

「は?」

唐突なセリフに思わず間抜け面をさらしてしまった。冗談だと思って達祐の顔を見ると、思いのほか真剣で困惑した。

これは冗談めかしたまま押し切ろうということか。

湊都はぷいっと視線を逸《そ》らした。

「恋人以外とはキスしません」

「そういう主義か?」

「主義っていうか……なし崩しとか勢いとか、気の迷いとかっていうのが、いやだから」

「あー……悪い。高校んとき、おまえにキスしたわ」

「は?」

「そんときはもう好きだったからな。目の前で無防備に寝られて、ついふらふらっと。いや、若かったな」

「…………」

啞然としたものの、不快感や怒りというものはなかった。何年も前のことだし、いまは恋愛感情を抱いていると自覚した相手だ。いや、もしただの先輩後輩であっても、達祐だったら苦笑しつつも許してしまった気がする。

「そっか……俺のファーストキスって、達祐さんだったんだ」

てっきり恭司だと思っていたが、違ったらしい。湊都の記憶にはなくても、その事実に思わずふわりと笑ってしまった。

「よかった」

身体のほうはそういうわけにいかなかったが、せめてキスだけでも初めてが達祐だというなら、それは嬉しいことだ。

そんな思いで達祐を見つめていたら、驚いたようなその端正な顔が困惑まじりの喜色に染まった。

「おまえ、俺をどうかしたいの？」

「え、ちょっ……」

抱き寄せられて顎を掬《すく》われて、かなり近くまで顔を寄せられた。ただそれはゆっくりとした行動だったから、逃げようと思えば逃げられたはずだった。

「なし崩しでも勢いでも、気の迷いでもねぇから、キスしていいか？」

「……まだ恋人でもないよ？」

「時間の問題だろ。ちょっと早いけど、そのへんはまぁ誤差の範囲ってことで」

しれっとそんなことを言うのもどうかと思いながらも反論はしなかった。時間の問題どころか、すでに湊都は彼に落ちている。好きだという言葉こそ口にしていないし、かなり曖昧《あいまい》だったが一応好きだということは肯定《こうてい》したのだ。

なにも言わないのをOKと取り、達祐はそっと唇を重ねてきた。

だが深くはしなかった。きっとそれは恋人になってから、ということなのだろう。

達祐とは二度目の、意識してするのは初めてのキスは、くすぐったいほどに甘くて優しくて、同時に湊都の深いところをざわりと騒がせた。

あとは当事者たちに任せる、ということで、湊都は大学に行かなくてもよくなった。

依頼者である畑野の妻と古村は、ひそかに連絡を取りあって時間と場所を決め、キスの真っ最中に部屋に踏み込むことに成功したらしい。舞台は研究室で、鍵は古村が開けておいたようだ。

そんなわけで、湊都の初仕事は無事に終わった。試用期間にどんな意味があったのかは不明だが、晴れて正式採用となり、いまは教習所に通いながら簡単な仕事をいくつかこなす日々だ。

会員の要望で日用品の買いものをして届けたり、旅行先のホテルを予約したり飲食店を調べたり、一つ一つは本当に簡単で時間のかからないものだった。

そして合間に、なぜか聖也の店にも駆り出された。曰く、洋服などの買いものに付き合わされることもあるので、ファッションのことを知っておく必要がある、ということだが、たんに手が足りないだけのような気もした。

聖也の店で扱うのは主に若い世代向けのものだが、客のいないときに雑誌などを見せられ、流行だとか基本的な知識をたたき込まれた。正直あまりよくわかっていないが、以前よりはずっとマシになったという自負はある。

「ファッション用語くらいはわかってたほうがいいじゃん？」

「あー……まぁそうですね」

「マナーとかは、たっくんにしごかれたんでしょ？」

そう、何度かそれを理由に外食をしているのだが、食べた気がしないというのが素直な感想だ。箸《はし》の上げ下ろしは知識としては頭にあったが身には着いていなかったから容赦なく注意されたし、フレンチやイタリアンのコース料理なんて食べたことがなかったから、これはもうほぼ一から教えられた。いつか味わえる日がくるんだろうかと遠い目になった。

「完璧にはほど遠いし……」

「あははは。まぁ、大丈夫だよ。ちょっとしたミスなら、お客さんは微笑《ほほえ》ましいって思ってくれるって。湊都くんの場合は、そのへん得だよ。可愛いアピールになるもんね」

さっき帰った客が広げた服をたたんで戻し、聖也はしみじみと呟いた。揶揄《やゆ》でも嫌みでもなく、本当にそう思っているらしい。

返答に困っていると、ますます困るようなことを言われた。

「前よりずっと可愛くなったしね」

湊都に向かって「可愛い」を連発するのは達祐と同じだ。さすがは従兄弟同士と、変なことで感心してしまう。

「俺もう二十一なんですけど」

「年なんて関係ないよ。すごく垢抜けたしさ。ま、僕の腕がいいから当然なんだけど、素材がいいといじりがいがあるよね」

大学へ顔を出していたときは地味な印象になるように心がけていたが、いまはその必要もなく、おとなしめだが小洒落《こじゃれ》た感じに仕上げられている。いまだに聖也や達祐のコーディネイトにまかせてしまうことも多いが、少しずつ自分で着こなしを考えられるようになっているので、まずまずの成長といっていいだろう。

「たっくんもご機嫌だし。あんなたっくん見たことないよ」

「そうなんですか？」

「うん。君たちがまだ付き合ってないとか、信じられないよね。胸焼けしそうなくらい甘い空気なのにさ」

呆れたようにいわれてしまうのも仕方ないとは思った。自分が甘い雰囲気を出しているという自覚はないが、達祐が自分を見る目がこの上もなく甘いことはわかっている。

思わず苦笑してしまった。

「あー……それは、ちょっと思うところがあって……」

「思うところ？」

「達祐さんには言ってあるんですけど、前の相手と一回ちゃんと話そうって思ってるんです。達祐さんとのことは、それからかな」

「例の浮気バカ男？　なんでいまさら。もう別れたんでしょ？　こじれてんの？」

「こじれる以前というか……宙ぶらりんというか」

湊都のなかで、恭司とのことは完全には終わっていないのだ。

別れは告げた。だがそれは手紙で一方的に突きつけたものだったし、恭司からの言葉も吹き込まれたメッセージだけだった。会話をしていない上、恭司の反応も了承したとは言いがたい。結局あれきり湊都は恭司からの連絡をいっさい受け入れていないから、いまだに彼が湊都に対してなにか行動を起こしているかすらわからないのだ。

とっくに忘れて、新しい恋人と楽しく暮らしている可能性のほうが高い。だがやはり一度は向き合わねばいけないだろう。そうでないと湊都は前に進めない。

「なるほど、けじめってやつだね」

「そんな感じ……なのかな。今度、ちょっと会いに行ってこようと思って」

「え、行くの？　わざわざ？　電話でよくない？　っていうか会って大丈夫？」

「達祐さんが一緒に行くって言ってるし、大丈夫ですよ。顔見て、言いたいこと言って、終わらせようと思って」

詰め寄らんばかりの勢いは、湊都がそう告げた途端に霧散した。つり上がりかけていた形のいい眉も、すっと下がった。

「あ、たっくんが一緒ならいいや。何泊するの？」

「日帰りですけど……」

「なんで！」

思いもしなかった勢いでふたたび詰め寄られ、湊都はたじろいだ。なんでもなにも、最初から泊まることなど考えてもいなかった。

しどろもどろにそう言うと、聖也はふうと大きな息をついてかぶりを振った。

「そこは泊まるべきだよね」

「ええー」

「だってあれでしょ、決着つけにいくわけでしょ。そしたら晴れて、たっくんと恋人同士になるわけでしょ」

「はぁ、まぁそうですね」

「だったら泊まるべき！」

びしりと指までさされてしまい、湊都は黙りこんでいた。

するとタイミングよく達祐が迎えに現れ、聖也の意識がそちらに向く。

「いらっしゃいたっくん！　お土産よろしくね。僕、豚まんがいい。当日は、張り切って可愛く仕上げてあげるからね。そんで元彼に地団駄《じだんだ》踏ませるといいよ。もちろん泊まってくるよね？」

「そのつもりだ」

達祐は面食らうことなく、ふっと笑って頷く。さすがは従兄弟同士というべきなのか、いろいろとすっ飛ばした発言も難なく理解している。

「泊まるんだ……」

日帰りが当然だと思っていたのは、どうやら湊都だけだったらしい。どこに泊まる気なんだろうとぼんやり考えていたら、話が終わった達祐に肩を叩かれた。

これから湊都たちは大学へ行くのだ。古村から、ことの顛末《てんまつ》を聞くことになっている。すでに依頼者である畑野の妻から簡単な報告は受けているのだが、より詳しい話を知りたかったのと、その後の古村の状況を知りたかったので呼び出しに応じることになった。といっても、彼が別の研究室へと円満に移ったことは知っているし、畑野が毎日家に帰るようになったのも聞いているが。

「行ってらっしゃーい」

聖也に送り出され、駅へと歩いて行く。カフェや雑貨店、インテリアショップなどが並んでいるが、湊都はまだほとんどの店に入ったことがない。時間的にも金銭的にも、まだそれほどの余裕がないからだ。

「夜にでも、恭司に連絡入れるよ」

気持ちは固まっていたのに今日まで引っ張ったのは、仕事に区切りがつくのを待っていたからだ。古村と会って学内での畑野の様子などを聞き、それを宇城に伝えてからにしようと、少し前から決めていた。

なにか行動を起こすときに、湊都はどうしても区切りやきっかけを必要としてしまう。勢いだけで動けないのだ。

「いよいよか」

「ごめんね。なんか、ぐずぐずしてて」

「その分の埋め合わせはしてもらうからいいって。それより、元彼と直接話すなよ。メールで時間と場所決めるだけにしとけ」

「うん」

わかったと大きく頷き、湊都は緊張の面持《おもも》ちで達祐の隣を歩いた。

久しぶりに訪れた街に、不思議と懐かしさは覚えなかった。

まだ一ヵ月ほどしかたっていないので当然かもしれないが、何年も暮らしたわりには戻ってきたという感覚もまったくなかった。

おそらくそれは、深く関わった相手の問題なのだろう。恭司は湊都の「居場所」にはなりえなかったということなのだ。

すでに約束の時間はすぎている。湊都たちはチェックインをすませ、身軽になって待ち合わせ場所へとやってきていた。

こちらから指定した店は、恭司の大学からそう遠くはない場所にある。客の入りがよく、席の間隔に余裕があるカフェだ。話しあいに適した店と、達祐から条件を出されたものの、湊都はあまり店を知らず、ここしか思いつかなかったのだ。

「遅刻か、すっぽかす気か……」

「どっちもありそうだけど、五分や十分は当たり前だからなぁ。三十分っていうのも、わりと珍しくないし。ドタキャンもしょっちゅうだったな。こっちから連絡して初めて『今日無理』とか言われたりね」

「なんで無理だとわかった時点で言ってこないんだ」

「さぁ」

「相当時間を無駄にしたろ」

「うん。無駄にたくさん待ったし、棒に振った」

だがもう過ぎたことだ。いまさらどうでもよかった。

くすりと笑い、もし来なかったらアパートにでも押しかけてしまおうか、とすら思った。実際にここまで足を運んだおかげか、勢いのようなものがついたらしい。

早めに来て頼んだコーヒーはもう半分以下になっている。すっかり冷めたそれを飲んでいると、視界の端に見知った姿が入ってきた。

「来た」

カップを置いてすぐ、恭司と視線がぶつかる。少し驚いたような表情を浮かべ、彼はじろじろと見つめてきた。

湊都はそのまま立ち上がり、いままで向かいあっていた達祐の隣に移動した。その達祐は窓の外を眺《なが》めている。あえて恭司を見ないようにしているようだ。

この場に第三者ともいえる達祐がいることは伝えていない。だから恭司がひどく怪訝そうなのは当然だし、湊都たちの向かいに座ってからも探るような目を向けるのも仕方なかった。

「誰だ、そいつ」

挨拶もなにもなく、質問が飛んだ。戸惑いのなかに怒気が含まれているのを感じる。すると達祐がゆっくりと顔を恭司に向けた。

息を呑むのが聞こえた。目を瞠った恭司は、すぐに顔をしかめたが、雰囲気に呑まれているのはごまかせていなかった。

ちらっと見る限り、達祐は機嫌がよさそうだ。だからといって友好的な態度かというとそうではない。うっすらと笑ってはいるが目は剣呑《けんのん》な光を帯びているし、なにより発する気配が物騒《ぶっそう》だ。笑顔が怖いなんて、初めて思った。

「あー……高校のときの先輩。あ、転校前のね。いまは同僚っていうか……まぁ職場の先輩でもあるんだけど」

「なんでここにいんだよ。関係ねぇだろ」

「あるからいるんだよ。それくらい察しろ」

いつものより低い声は思った通り攻撃的だった。静かなのに、これでもかというくらいに侮蔑《ぶべつ》が込められていた。

さすがに恭司は気色ばみ、達祐を睨《にら》み付ける。

一触即発《いっしょくそくはつ》とはこのことかと、湊都はひそかに溜め息をついたが、おかげで緊張が解けて落ち着いてきたのも確かだった。

「とにかく、なにか頼めば。話はそれからにしよう」

湊都はウェイトレスを呼び、恭司に注文をさせた。さっきからこちらを見つつ、そわそわしていた彼女は、名残惜しそうにテーブルを離れていった。恭司も一般的にイケメンと呼ばれる男だし、達祐に至っては滅多《めった》に拝めない美形だ。彼女の態度も無理はなかった。

「おまえが姿消したのって、こいつの入れ知恵か」

「アドバイスと言えよ。ついでに湊都を呼び寄せて、再就職させたのも俺だ」

あえて場所は言わなかったが、関東圏であることは恭司も理解しただろう。小さくはない舌打ちが聞こえた。

「道理で見つからないわけだ」

吐き捨てるような言葉が、湊都にはひどく意外なことに思えた。

「探したの？」

「当たり前だろ。いきなりいなくなるわ、手紙一つで別れるとか言うわ、電話もメールも繋がらなくなるわ……。おまえが入った会社、潰れたんだろ。なんかヤバそうな筋に金借りてたって噂聞いたけど、そのせい？」

「は……？」

湊都はぽかんと口を開け、まじまじと恭司を見つめてしまった。端から見たら相当な間抜け面だろう。コーヒーが運ばれてこなかったら、長いことその顔をさらしていたところだった。

ウェイトレスが離れていくと、恭司は溜め息まじりに湊都を見つめた。

「なんで恋人の俺じゃなくて、こいつを頼ったんだよ。なんで別れようとした？　あと着拒。それもこいつに言われてか？」

「え……ええ……？」

戸惑いを通り越して混乱してきた。宇宙人と会話したらこんな感じだろうかと思うほど、意思の疎《そ》通《つう》ができていない。大前提として、恭司のなかではまだ別れてはいないらしかった。

なんでもなにも、浮気し続けて恋人だったはずの湊都を蔑《ないがし》ろにしてきたのだから、理由なんて充分すぎるではないか。湊都にとって恭司は信用できない人間なのだ。そんな人間を頼れるはずがない。

「戻って来いよ。俺の部屋に住めばいいだろ」

「意味わからないんだけど……」

「おい、ふざけんなよ元彼。いまさら惜しくなったのか？　捨てられて反省したってわけでもなさそうだけどな……もしかして、あれか。前より可愛くなったのを見て気が変わったとか？」

湊都を見る達祐の目は甘さを含んでいたが、恭司に向けた言葉は棘《とげ》がある。

不快そうに恭司は顔を歪《ゆが》めていたが、やがて吐き捨てるようにして言った。

「下心見え見えだな」

「否定はしねぇよ。なにせ高校のときから惚れてる相手だからな」

「認めるのかよ」

「ごまかしてなんの意味がある。前の男がどうしようもないバカで、勝手に舞台から下りてくれたんだ。チャンスをモノにすんのは当然だろ」

鼻で笑う達祐に、なかなか言うなぁと感心してしまう。驚きはなかった。いまでこそずいぶんと当たりが柔らかくなった彼だが、出会った頃は誰に対してもこんな感じだった。いや、若い分もっとひどかったと記憶している。あの当時でも、湊都には優しかったけれども。

そんな達祐に気圧《けお》されたのか、恭司の矛先《ほこさき》が変わった。

「俺と別れて、次の男はこいつかよ」

「達祐さんとはまだ付き合ってないよ」

「まだ、ね。ずいぶん乗り換えるのが早いよな」

蔑むように言われる筋合いはなかった。なにか言おうとした達祐を制し、湊都は冷ややかな目を恭司に向ける。おそらく一度として彼に——いや、誰に対しても向けたことのない目だという自覚はあった。

「別れたあとで誰と付き合おうと、俺の勝手でしょ。一年半も浮気し続けた口で、なんでそんなこと言えるのか不思議でしょうがないんだけど」

「み、湊都……？」

「別に謝れなんて言わないし、いまさらどうでもいいけどね。それと乗り換えが早いとは思ってないから。だって気持ち的に言ったら、恭司のことはもう相当前から好きでもなんでもなかったし」

こんなに早口でしゃべれたのかと自分でも驚くほど口がまわった。恭司が目を丸くしているが、達祐はかすかに笑っているのがわかった。

妙にすっきりとした気分だ。せいせいした、と言ってもいいかもしれない。

もしここで恭司に誠実さを見せられたら、きっと戸惑っていた。相変わらずでいてくれるから、言いたかったことを思う存分言えたのだと思う。

「さっき、なんで恭司を頼らなかったのかって聞いたよね。そんなの、不信感しかなかったからだよ。自分の誕生日に隣の部屋で堂々と浮気してるような恋人、信じられるわけないだろ」

「誕生日……」

初めて気付いたような顔をされて、笑いの衝動がこみ上げてくる。きっとこの瞬間まで思い出しもしなかったに違いない。

テーブルの下で、達祐がそっと手を握ってくれた。自分の手が小刻みに震えていたことに、触れられて気がついた。自覚はなかったが、かなり興奮していたらしい。湊都にしては……だから、傍から見ればわかりにくいだろうが。

ゆっくりと息を吐き出し、あらためて恭司を見つめた。

「俺は、俺のことだけ好きでいてくれる人がいい」

「……それが、そいつなのかよ」

「うん。大事にしてくれるよ。俺も、達祐さんが大好きなんだ」

好きと口にするとき達祐の顔を見つめたら、自然と笑みが浮かんでいた。甘ったるい表情になっている自覚はあった。

バン、と音がすると同時に恭司が立ち上がる。思わず目を向けると、苦虫を嚙みつぶしたような顔をしていた。

「くだらね。帰るわ」

「わざわざありがと。元気でね」

「せいぜい浮気されねぇようにな」

ふんと鼻を鳴らし、恭司はずかずかと店を出ていった。かなりの大股で、あっという間に視界から消えてしまう。

隣から小さく噴《ふ》き出す音が聞こえた。

「すげぇショック受けた顔してたな」

「え、そう？」

「俺の出る幕ほとんどなかったし。ほんとに付き添いだったな」

「少しはシャキッとしたでしょ？」

「まぁ、昔の湊都が戻ってきたかな」

達祐は伝票を抜き取って席を立ち、長居《ながい》は無用とばかりにレジへ向かった。そのときになって初めて、恭司がコーヒーには口もつけなかったことに気がついた。

「あ、コーヒー代」

「いいんじゃねぇの、そんくらい」

さっさと支払いをすませて外へ出た達祐は、さりげなく周囲を見まわしてから、湊都を促して広い道へ出た。

「観光する？」

「それより早く二人きりになりてぇかな」

「……うん」

タクシーを拾ってホテルに戻っても、まだ外は充分に明るかった。

湊都はベッドに身体を投げ出し、大きな息をつく。肩の荷が下りたような、あるいはつっかえが取れたような、ひどく爽快《そうかい》な気分だった。

達祐が同じベッドに座ったのを感じ、視線を向ける。大きな手が髪を梳いた。

「メシどうする？　行きたい店、あるか？」

「ないよ。えっと、あれ……ルームサービスがいいな。前に言ってたでしょ。実地で教えるみたいなこと」

「ああ、それいいな」

嬉しそうな表情には甘さが際立ち、カフェで見せた嘲笑《ちょうしょう》に近い顔が嘘のようだった。

自分の髪を撫でる手を取り、湊都は身体を起こす。なぜか正座になってしまったが、達祐と向かいあい、両手でぎゅっと手を握った。

そうして目を見て、一気に言った。

「あの、俺、達祐さんのことが好きです。俺を、恋人にしてください」

この状況で言えば、先の展開なんてほとんど決まったようなものだ。だがその心がまえも湊都はすでにできていた。

ふわりと笑い、達祐は湊都を抱きしめた。そのまま耳元で、甘く掠《かす》れた声がした。

「離してやらねぇから、覚悟しろよ」

ざわりと肌が粟立《あわだ》って、慌てて湊都は達祐にしがみつく。

ベッドに戻されて、間近で見つめあう。視線が絡んだ時間はほんの一瞬で、すぐに唇が重なった。

今度は触れるだけじゃない、深いキスだ。何度か角度を変えて重なったあと、どちらからともなく舌をからめた。

湊都はキスがへただ。恋人がいたというのに、あまりしたことがないからだ。もしかすると、セックスよりもした回数が少ないんじゃないかと思うほどに。

「ん、っ……は……」

息とも声ともつかないものが意識しないままにもれていく。久しぶりの深いキスは、経験したことがないくらいに気持ちよくて、いつまでもしていて欲しくなってしまう。

忘れて久しい官能の気配がざわざわと這《は》い上がってくる。

達祐の舌先が自分の舌や歯列の根もとに触れ、ぞくぞくとした甘い痺れのようなものが肌を撫でていく。

気持ちがよくて、意識がとろりとしてきそうだ。

もっと触れあっていたかったのに、達祐の唇はそれから間もなく離れていってしまった。だが離れた唇はそのまま顎に触れ、喉から首、耳からまた首へと愛撫《あいぶ》をしていき、湊都に快感というものを思い出させていった。

　身に着けていた服は、もう半分くらい奪い去られている。手際のよさを追及するつもりはなかった。いくらずっと湊都のことが好きだったとはいえ、健全な男が誰とも寝ないで今日まで来たなんてことはないだろう。望みはないと思っていたのならばなおさらだ。それに湊都だって恋人がいて、何度も抱かれてきたのだから。

　胸を吸われて、びくっと小さく身体が跳ねた。舌先で転がすような動きに、甘い痺れがじわじわと指先まで伝わっていく。

「つぁ、ん」

　胸を愛撫されるのと同時に、穿《は》いていたジーンズを引きずり下ろされた。少し腰を浮かせて協力したのは無意識のことで、湊都は与えられる感覚に夢中だった。

　達祐は乳首をしゃぶりながら、あらわにした湊都の下肢《かし》へと手を伸ばし、やんわりと強弱をつけて手のなかのものを刺激する。

　二ヵ所を同時に責められて、ひとしきり喘《あえ》いだ末に湊都はあっけなく達してしまった。

　乱れた息が落ち着くまでのあいだも、身体中のあちこちに降るキスはやまない。胸だけじゃなく、鎖骨《さこつ》や首、腰や腿《もも》の内側、挙《あ》げ句《く》は手や足の指までも達祐は舐《な》めて吸い上げ、あるいはしゃぶって痕《あと》を残していく。

「色白いから、すげぇ目立つな」

呟く声はどこか喜色を滲《にじ》ませていた。

きっと身体中がキスマークだらけで、すごいことになっているのだろう。けれどもそれが、たまらなく嬉しかった。

「やっ……」

絶頂の余韻がまだ続いているのか、触れられただけで過敏に反応してしまうものに、達祐がそっと舌を這わせる。びくびくと腰が震えて、自分でも恥ずかしいほど感じてしまって、湊都はシーツに爪を立てた。

絡みつく舌に煽《あお》られ、声が抑えられない。いつの間にか大きく脚を広げることになっていて、そのあいだにそっと指が伸ばされた。

「んん、っ……や……」

「いや？」

「ち、が……や、じゃない……。して……」

本気で問われたわけじゃないとわかっていても、涙目になりながら必死で否定してしまう。おそらく言わせたかったんだろうと、ぼんやりと思った。

濡らした指が最奥を撫でる。丁寧《ていねい》にそこを解《ほぐ》し、痛がらせないようにゆっくりと差し込まれるのを、もどかしいとすら感じてしまう自分がいた。

なにをするにも、思っていた以上に優しい触れ方だ。身体を繋ぐための前戯《ぜんぎ》というより、湊都に触れること自体を楽しんでいるようだ。

ゆるやかに指を動かされ、同じリズムで口に含まれたものが扱《しご》かれる。異物感や擦れる感触が快感に変わっていくのはすぐだった。

「ぁあっ、ん……」

初めてではない感覚は、どれも知っているものより格段に強くて深い。愛撫の一つ一つが、記憶にあるものよりもずっと気持ちいいのだ。

指を増やされてなかを掻《か》きまわされ、腰が自然と揺れ始めた。後ろで得る快楽を知っているから、時間をかけて煽られ続け、湊都は暴走する身体を止められない。

濡れた目で達祐を見ると、見たことがない顔をした達祐がいた。

欲望に染まりきった目は飢えた野生動物のように獰猛《どうもう》さを感じさせる。捕食者《ほしょくしゃ》の目だ。湊都を食い尽くそうとしているのが、はっきりとわかった。

ぞくりと這い上がってきた感覚は、恐怖ではなく喜びだった。

食い尽くされたいと願う自分がいた。

懇願《こんがん》するように見つめると、それからすぐに指が引き抜かれ、代わりに達祐のものがあてがわれた。

「あっ、あ……」

充分に高まったそれは、じりじりと湊都のなかに入り込んできた。

痛みはない。久しぶりの行為に多少の苦しさはあるが、満たされているという気持ちがそれを些細なことにしている。

やがてぴったりと身体が密着したのに気付き、湊都は目を開けた。途端に達祐の肩越しにまだ青い空を見つけて、急に恥ずかしくなった。こんな時間からあられもない格好になって恥ずかしい声を上げて、しっかりと繋がって――。

「昼間っから……しちゃってる……」

「我慢できなかった。ごめんな」

髪を撫でられ、うっとりと目を閉じそうになったが、顔を見ていたくて踏みとどまる。いつもよりいっそう野性的なこの顔は、ドキドキするほど格好よくて色っぽい。

湊都は微笑んでかぶりを振り、達祐の頬に手を伸ばした。

「俺も、欲しかったから……」

「煽んなって……もう知らねぇぞ」

頬に添えていた手を取られ、湊都の顔の横に押しつけるようにして握られた。そうしてゆっくりと達祐は繋がったところを突き上げてくる。

のけぞる背中を抱きしめられた。ほとんど動けない状態で何度も何度も穿《うが》たれて、身体が翻弄《ほんろう》されるままに湊都は嬌声《きょうせい》を上げ続けた。

達祐は優しいのに容赦がなかった。突き上げながら唇を塞《ふさ》ぎ、あるいは舌先で乳首を舐めては、首や鎖骨に歯を立てる。

されること全部が気持ちよくて、どうにかなってしまいそうだった。

両手で達祐にしがみつき、腕のなかで我をなくすまで貪《むさぼ》られた。

「ああっ……！」

頭のなかが真っ白になり、身体の深いところで熱い奔流《ほんりゅう》を感じた。

「湊都……」

掠れた声が耳を愛撫して、いったばかりの身体をさらに甘く追い詰めていく。離れていく様子はまったくなく、それどころか繋がった部分を指先で愛おしそうに撫でていた。

ようやく力も戻った手で、ぎゅっと達祐の背を抱きしめる。

それが合図だったとでもいうように、達祐はもう一度湊都を貪るために動き始めた。

「免許取れた……！」

交付されたばかりの運転免許証を手に、湊都は三階へ飛び込んでいく。達成感と解放感を同時にくれた一枚のカードは、しっかりと手に握られていた。

出迎えてくれた恋人と、その従兄弟は、今日は揃って休みだとかで朝から家のことをいろいろとやっていた。

「おめでとー！　おおー、グリーンのラインがまぶしいねぇ」

そういう聖也は十八のときに免許を取り、現在ではゴールドらしい。たまにしか運転しないから、が本人の談だ。とはいえ湊都からすれば充分に上手で、しかも安全運転だ。何度か乗せてもらったことがあるのだ。

達祐も免許証を覗き込み、大きく頷いた。

「お疲れさん。宇城さんには言ってきたか？」

「うん。でも一年間は送迎の仕事は入れないって。初心者マークつけてるのは、会員さんがいやがるだろうからって」

「そうか」

子供を褒めるように頭を撫でるのは、恋人になったいまでも変わらない。子供扱いではなく、愛情表現の一つだと知っているから、いまさら湊都が拗ねるようなこともなかった。まったく同じ撫で方を、セックスの最中にもするのだから。

気持ちがいいのと嬉しいのとで、目を細めて達祐を見つめていたら、こほんと小さな咳払いが聞こえた。

「僕の前でいちゃいちゃすんのやめてー」

「一人もののやっかみかよ」

「たっくん可愛くない！　あーあー、昔はわりと可愛かったのになぁ」

ぶつぶつ言いながら聖也は通りすがりに軽く達祐を蹴っていった。どうやら自室に戻ることにしたらしい。

相変わらず二人は仲がよく、他愛もないスキンシップが多かった。ただし湊都と達祐のスキンシップとは違い、軽く殴ったり足蹴《あしげ》にしたりというパターンだ。二人は互いに遠慮がなく、言いたいことを言いあう。ときどき羨ましいと思ってしまうのは贅沢《ぜいたく》な悩みだろう。

じっと見ているのに気付いたのか、出て行こうとした聖也が足を止め、にこりと笑った。

「大丈夫だよ」

「え……」

「僕、好きな人いるから。笑っちゃうくらい一途にその人のこと好きだからね、間違ってもたっくんなんか相手にしないよ」

「おい」

「たっくんは可愛くない弟。だから湊都くんも、僕の弟だよね。ほら、弟もお嫁さんが妹になるような感じで」

湊都の心情などお見通しらしいから、きっと達祐にも筒抜けだろう。気恥ずかしくなっていたら、聖也はげんこつを作ってさらに言った。

「もしたっくんが浮気したら、僕が懲《こ》らしめてあげるよ。じゃ、あとでねー」

言うだけ言って、彼はさっさといなくなってしまった。すると達祐が湊都を背中から強く抱きしめてきた。

痛くも苦しくもないが、身動きできないほどには強い力だった。

「俺はしねぇから」

「うん」

達祐が湊都だけを見てくれることも、大事にしてくれることも、微塵も疑ってはいない。たとえば仕事で女性をエスコートすることはあるだろうし、そのときはきっとまた気にしてしまうだろうが、基本的な部分は揺るがないという自信がある。

「その代わりしつこいぞ、俺は」

「知ってる」

くすりと笑い、腕のなかで湊都は達祐に向き直る。

何年も湊都のことを思い続けてくれた達祐は、恋人同士になってさらにその思いを強くしてくれたようだ。言葉の端々や視線、そして行動にははっきりと表れている。

「やっと手に入れたんだからな」

甘やかな執着に泣かされることもあるが、いやではない。息苦しさのない緩やかな束縛《そくばく》も、湊都にとってはひどく心地いいものだった。

我儘なクラウン

他人の幸せを妬《ねた》むつもりはないけれども、目の前で毎日のようにカップルがいちゃいちゃしていれば、溜め息の一つや二つ漏らしたくもなるというものだ。

「オーラがピンク色……」

もちろんなにも見えないのだが、そんな錯覚を起こすほど、目の前では二人だけの世界が展開されている。ただ並んで話しているだけで、抱きあったりキスしたりしているわけではない。なのに、いちゃついているようにしか見えないのだ。

これが熱愛カップルの威力らしい。

応援していた恋だったから、二人がめでたく恋人同士になったことは喜ばしい。それは本当だ。大事な従兄弟《いとこ》である達祐《たつひろ》と、お気に入りの湊都《みなと》なのだから、幸せであってくれなくては困る。だからこれは、独り身の寂しさを実感している溜め息だ。

恋人がいないからといって、聖也《せいや》がモテないわけではない。むしろ昔から、うんざりするほどよくモテた。初めての告白は、幼稚園に入園した四月のなかば。まだ三歳のときで、一番可愛いと評判の子だった。それから現在に至るまで、定期的に聖也は異性から想いを打ち明けられてきた。中学に上がった頃からは同性からの告白や性的な誘いも加わり、二十五歳となったいまでも両方からのアプローチは切れることがない。

羨《うらや》ましい、とよく言われる。だが肝心の好きな人から、聖也は無視され続けているのだ。好きな人から好いてもらえないのだから、他人が羨むほどの人生ではないと内心では思っていた。

リビングのソファに並んで座り、テレビを見ながら他愛もないことを言いあって笑いあう二人を、聖也はダイニングテーブルのところからぼんやりと眺《なが》めた。

朝から仲がいいな、と思いかけ、朝だからかと納得した。

(昨日シタよね、あれ……)

漂っているピンク色のオーラからして間違いはなさそうだ。湊都は初めて会ったときと比べて格段に色っぽく、そしてきれいになっている。夜な夜な、とは言わないまでも、情熱的な達祐に愛されているのだから、それも当然だろう。

達祐は身内びいきを抜きにしてもいい男だ。昔から大人びていて、基本的には真面目だが適度に砕けていて、誠実で度量が大きい。恋人に対しては一途《いちず》だし、大切にしているのが見ていてよくわかる。独占欲はそれなりに強いようだが相手を縛ることはせず、目の届くところで上手に泳がせているといった感じだった。

聖也が好きな男とは、ずいぶんと違う。見た目では遜色《そんしょく》ないと思うのだが、これは好みによるところが大きいだろう。そして肝心の中身のほうは、達祐よりもかなり問題ありだ。惚れた贔屓目《ひいきめ》があるのに、そう思う。

どうしてあんな男が好きなのか、自分でもよくわからない。この十年、ことあるごとに考えてみたが、理由どころかきっかけもわからなかった。出会って数ヵ月のうちに、気がついたら好きになっていたとしか言いようがないのだ。

誠実とはほど遠いし、優しくもない。年相応の落ち着きを持つ大人ではあるのだろうが、包容力の代わりに狡猾《こうかつ》さが目立つ男だ。

どうにかして気持ちが冷めないかと願ってきたが、残念なことにいまだに恋心は冷める気配がない。だから今日も聖也は、ろくでもないあの男が好きなままだった。きっと明日も明後日も、一年後だってまだ好きでいるだろう。

(そんなことしてるうちに、三十歳になっちゃうのかもね……)

彼を想い続けた十年はあっという間だったから、五年なんてもっと早く過ぎてしまうだろう。聖也の青春は、不毛な片思いでほぼ埋められてしまったのだ。

小さく息をついて立ち上がり、聖也はバッグを手に取った。

「行ってくるねー」

いつもと変わらない態度で言って、ひらひらと手を振る。すると二人の意識が同時に聖也へと向けられた。

「あ、行ってらっしゃい。気をつけて」

「ありがと」

湊都ににっこりと笑いかけ、そのまま家を出た。達祐がなにか言いたそうな顔をしていたが、引き留めるほどでもないと思ったのか、特になにも触れてこなかった。おそらく常よりも元気のないことに気付いたのだろう。

玄関を出て――といっても、階段の踊り場だが――、三階であるそこから下りていくと、ちょうど上がってきた人物と二階の踊り場で顔をあわせることになった。

出勤してきた宇城《うじょう》だった。

「あ……おはよ」

「おはよう。いまから店かい？」

「うん」

「行ってらっしゃい。気をつけて」

にこやかな笑みと柔らかな言葉をかけられて、聖也は思わず顔をしかめてしまった。いまのはいわゆる営業スマイルだ。彼の完璧といってもいい外面には大抵の人は騙《だま》されるだろうが、聖也はそうではない数少ない人間の一人だった。

「その顔、嫌いなんだけど」

「それは残念」

張り付いたような笑みに、ちっとも残念そうではない口調。聖也をからかっているとしか思えなかった。

「……行ってくる」

視線を逸《そ》らしてそのまま一階まで下りていきかけ、階段の途中で聖也は足を止めた。そうして振り返ることなく、事務所に入っていこうとする宇城に向かって言った。

「もうすぐ十年たつよねー」

そう大きくない声でも、静かな階段にそれは思いのほか響いた。そして怪訝《けげん》そうな態度を装った宇城の声もだ。

「なんのことかな」

「っ……」

聖也は小さく息を呑み、振り返ることなく一気に階段を下りて外へ出た。

思っていたよりも寒いが、コートを取りに戻るほどでもない。聖也はそのまま駅へと向かって歩き始めた。歩調が普段より速くなっていることは自覚しつつも、くすぶる感情をぶつけるようにそのまま闊歩《かっぽ》する。

あれは空《そら》とぼけているだけだ。本当にわからないわけじゃない。なのにとぼけてみせたのは、拒否の意思を聖也に示すためだろう。

十年続く片思い。その相手が宇城なのだ。

(向こうも気持ちは変わらないってことか)

聖也が宇城に告白をしたのは十年ほど前。そのときに一度断られ、十年後にまだ好きならば考えると言われたのだが、変わっていないのはお互いさまのようだ。聖也は相変わらず宇城が好きで、宇城はいまだに聖也の気持ちを受け入れる気がない。

だから聖也のなかにある憤《いきどお》りはわずかであって、ほとんどが悲しさだとか悔しさだとかいったものだった。ようするに、好きな男のつれない態度に「傷ついた」のだ。

なんであんな男を好きになったんだろう。なんでまだ諦《あきら》められないんだろう。受け入れてもらえないあまり自分は意地になっているのでは、と思いもしたが、宇城の一挙手一投足《いっきょしゅいっとうそく》に感情が揺さぶられるのは確かだから、やはり純粋な恋心なのだろうと思う。

会えれば嬉しいし、思いがけず近付けばドキドキする。そしてなにげない一言で傷つきもする。

朝から落ちた気分のまま電車に揺られ、家から三十分足らずで職場に着いた。

聖也がオーナーとなっている古着店は、もともと学生時代にアルバイトをしていたところだった。前オーナーがリタイアして海外に移住すると言い出したとき、なぜか聖也に引き継いで欲しいと言ってきて、卒業を待ってもらう約束で了承したのだ。

聖也がオーナーになったからといって、店が業績を伸ばした事実もなければ、経営が苦しくなったという事実もない。売り上げは多少伸びているが家賃を始めとする諸経費も上がっているので収支としては横ばいなのだ。聖也自身はそれでいいと思っている。譲り受けたときに、あとは煮るなり焼くなり好きにしろと言われているから、実に気楽に経営している状態だ。

開店準備をしていると、唯一の社員である女性が出勤してきた。彼女は聖也より一つ下で、やはり以前はアルバイターだった。

「おはようございまーす」

「おはよー、平瀬《ひらせ》さん」

「あれ、なんかテンション低くないです？」

「ちょっと体調悪くてさー。まぁでも仕事に支障はないから大丈夫」

まさか本当のことなんて言えるはずもなかった。朝から好きな男に冷たくあしらわれたから、なんて。宇城の態度は一見冷たくはないが、実際には温度がないのだ。

平瀬は気遣《きづか》わしげに、つらくなったら店は一人でも大丈夫だと言ってくれた。聖也がコンシェルジュの仕事を入れている日は、彼女が一切を取り仕切ってくれている。一年ほど前から彼女は店長という肩書きを持っていた。

開店の時間を迎えると、ぽつぽつと客が入ってきた。人通りの多い道に面しているし、雑誌にも取り上げられたことのある店なので、そこそこ流行《はや》っているのだ。なにより常連客が多いというのが強みだろう。

店を開けて二時間ほどたった頃、服をたたんでいた聖也のもとに、平瀬が小走りに近付いてきて小声で言った。

「伊勢崎《いせざき》さんです」

常連客の名前を聞いて聖也は溜め息をつきたくなったが、もちろん感情は表に出さない。顔を上げながら、にっこりと笑った。

「いらっしゃいませ」

目があうと、伊勢崎という名の客は嬉しそうな顔で聖也のもとへとやってきた。

「おはよう。聖也さん、今日もきれいですね」

男への挨拶《あいさつ》としてどうかと思うようなことを、今日も彼は当たり前のように言う。たとえ女性相手でも、こういうことをさらりと言うのは日本人男性としては珍しいほうだろう。

伊勢崎圭司《けいじ》という名のこの青年は一年ほど前から店にやってくるようになり、来れば必ずなにかしらの買いものをしていく上客だ。近くの大学に通う院生で、週に二度は現れるのだ。本人は詳しく語らないが、身に着けているものや話の端々から、実家は大層な資産家だろうことが窺《うかが》える。年は聖也の二つ下だと言っていた。

服飾品がいちいち高級な資産家のお坊ちゃんが、どうして古着店の常連なのかと言えば、先ほどの言動からもわかるように聖也が目当てだからだ。これはうぬぼれではなく、そもそも平瀬が言い出したことで、ほかのアルバイターも同意見だった。現に伊勢崎は、聖也が店にいるときしか入ってこないのだ。前を通りかかっても、姿が見えなければそのまま立ち去ってしまうという。そして聖也自身、向けられる好意をはっきりと感じていた。

「今日は早いねー」

普段通りの口調は、伊勢崎の希望によるものだ。上客だし、こうしないと口調を直すまでそのことを言い続けるから、仕方なく親しい友人のような言葉遣いをしている。

「通りかかったら聖也さんがいたから」

「そうなんだ」

熱く見つめながら言われても、そうとしか返せない。喜んでみせたらつけあがりそうだからできないし、迷惑そうな態度も取れない。だからこの手のことを言われたときは、少し困ったような態度を取りつつ、嫌悪は見せないことにしている。相手が客ということを除いても、本気で拒絶するのはやはりしらけるだろう。

それに伊勢崎の態度はどこか遊びのようなものを窺わせる。だから聖也が真剣に拒否するよりは、駆け引きめいた余裕でかわすほうがいいと思った。

「ベルト、新しいの入ってる？」

「二つあるよ。一つはバックルだけ」

店の多くはレディースで、メンズは少ない。それでも伊勢崎を始めとして男性の常連客も何人かいるのは、聖也が珍しいものを仕入れてくるからだ。もっとも伊勢崎に関しては、店の商品などあまり関係ないのかもしれないが。

「これなんだけど」

昨日仕入れたばかりのベルトは、国内にあるメーカーが以前限定で出したもので、バックルの部分にシリアルナンバーが入っているという代物だ。バックルだけのものはアメリカ製らしく、ずいぶんと古いもののようだった。

「相変わらず、いいの見つけてくるね」

「見つけてくるというか、持ち込みなんだけどねー」

先代の頃から出入りしているリサイクルショップの社長が持ってくるものには、この手の掘り出しものがときどき混じっている。ブランドの服や小物もあるが、それよりはこの手のもののほうがおもしろいのだ。

「それって男？　もしかして、聖也さんに気に入られようとして……」

「違うって。普通に業者」

「とか言って、聖也さん目当てじゃないの？　俺みたいに」

「はは、まさかー」

笑い飛ばしながらも、ほんの少しだけ冷や冷やした。冗談めかした伊勢崎の口調のなかに、本気の色が垣間《かいま》見えた気がしたからだ。

今日はいつもとは違う。そう思いながら商品の説明に戻ろうとしたら、ベルトに添えていた手を覆うように握られた。

出会って一年。こんなはっきりとしたボディタッチをしてきたのは初めてだった。

「俺は本気なんだけど」

「……困るよ」

手を引っ込めようとすると、つかんだ手に力が込められた。伊勢崎の視線はまっすぐに聖也に向けられている。

思わず溜め息が出た。これまでは曖昧《あいまい》な態度でかわしてきたが、相手が真剣さを見せてきたならば、こちらも真剣に断らなくてはならないだろう。

　聖也は声をひそめて言った。

「俺、好きな人がいるんだよね」

「恋人？」

「……違うけど」

　思わず本当のことを言ってしまった。肯定すれば面倒ごとを避けられた可能性はあるが、へたな嘘はどうせ破綻《はたん》するだろう。いると言えば、根掘り葉掘り聞いてくるのは想像に難《かた》くない。

「片思い？　それとも不倫みたいな？」

「ただの片思い」

「だったら充分、俺にも望みがあるってことだよな」

　覚悟はしていたが、やはりこの程度で引き下がってくれる男ではないらしい。それでも握った手だけは離してくれたので、逃がすようにして自分の身体《からだ》のほうへと戻し、さっきまでよりもやや伊勢崎との距離を取った。

　当たり前のように男を口説いてくるが、この男にタブーはないのだろうか。そうも思いたくなる。聖也だって同性に十年も片思い中だが、さすがにこの思いを本人以外に打ち明けたことはない。達祐は気付いているかもしれないが、あえて言ってもこないから話をしたこともなかった。

「いらっしゃいませ」

店長の声が響いた。ちょうど別の客が入ってきたおかげで店内の雰囲気はがらりと変わる。そのために、店長はいつものより大きめに声を張ったのだろう。

伊勢崎はシリアルナンバー入りのベルトを買って、それから間もなく帰っていった。

店内にはさっき入ってきた女性客と店長が話している。聖也はバックヤードに引っ込んで、大きな溜め息をついた。

ここ最近、この店を辞めたいと強く思うようになった。

もともとは打算があって、店を引き継いだのだ。時間が比較的自由になるため、いつでも宇城の手伝いができるように、と考えてのことだった。本当はここを辞めて宇城と働きたい。ヘルプではなく、正社員になりたいのだ。

何度も宇城に直談判《じかだんぱん》をしたものの、いつも答えは同じだった。曰《いわ》く「君を正式に雇うつもりはない」だ。

コンシェルジュ・エージェンシーのオーナーは聖也の父親だが、彼は人事にはノータッチと言おうか、宇城にすべてを任せてしまっているから、息子の立場を利用して社員になることはできない。そもそもそんなことをしたら、宇城に嫌われてしまうだろう。

（意味ないじゃん……）

株価の変動以外に興味がないんじゃないかと思うほど、聖也の父親は人らしい暮らしを捨てていると思う。出ていった母親がなにに惹《ひ》かれて彼と結婚したかは知らないが、結婚生活に耐えられなかったのは納得だ。聖也の義務教育が終わるまでは我慢していたが、卒業を待つようにして離婚して、いまは彼女の両親がいるイギリスで暮らしている。五年ほど前に再婚したので、現在ではメールや電話でのやりとりくらいしかないが、関係が悪いわけではなかった。互いに大人だし別の家庭があるということで、親子というよりは年の離れた異性の友人、という関係になっているが。

ふと鏡を見ると、いかにもハーフかクォーターといった顔の自分が映《うつ》っていた。

ハーフの母親から受け継いだ顔は日本人のそれとはやはり少し違っていて、目立つことこの上ない。色は白く、髪はふわっとした栗色で、目の色もやや濃いめのアンバーだ。

美形だとか、きれいだとか、美人だとか。そんな褒《ほ》め言葉をもらい続けているが、不思議とイケメンという言葉を使われたことはほとんどなかった。

王子様のよう、と言われたことも過去に数え切れないほどある。

もっと若い頃は、町を歩けばスカウトやナンパの声がかかったし、学生時代は常に女の子に囲まれていたが、それで「いい思い」をした記憶はない。常に面倒なだけだった。さすがにいまでは芸能関係のスカウトはほぼなくなったが、水商売のスカウトは増えた。なかには風俗関係もあるから笑えなかった。

仕事には役立っていると言えるが、煩《わずら》わしさのほうが多いのも確かな顔だ。

「どうしようかなぁ、いろいろ……」

仕事も恋も、これからのことを考えると気が重い。いっそ両方とも新しい道を模索したほうがいいんじゃないかとさえ思える。

無理なことはわかっていた。特に後者に関しては、どうにもならないのだ。

もう一度溜め息をついてから、聖也はふたたび店に戻っていった。


仕事帰りに買いものをして、自宅のキッチンで三人分の夕食を作り終えた頃には、すでに九時近くになっていた。ここ最近は、なるべく自宅で夕食をとるようにしている。ほかの二人の負担を考えてのことだった。

食事は交代で作っているが、今日はカップルたちが外食デートなので、三人分にした。一人分多いのは、宇城がまだ残っているのを確認したからだ。

まずは父親の食事をトレイに載せて、二階のオフィスに向かう。一度コンシェルジュ・エージェンシーの事務所を通ることになるから、必然的に宇城と顔をあわせることになった。

「まだ帰らない？」

「いや、そろそろ終わりにするよ」

パソコンに向けていた顔を上げ、宇城はちらりと時計を見て答えた。どうやらいまは、投資のほうの仕事を手伝っているらしい。

「だったら夕食、一緒にどう？　今日、僕一人なんだよね。余りそうなんだ」

「ああ、そういえば二人はデートだったね」

「うん」

宇城もまた達祐と湊都の関係を知り、理解を示している。達祐が打ち明ける前から察していたようだった。彼が自然に受け止めているのは不思議でもなんでもない。なにしろ聖也が告白したときも、驚いたり引いたりせず、ごく普通の告白のように対応していたくらいなのだ。

そんな彼は少し考えてから、小さく顎《あご》を引いた。

「それじゃ、お呼ばれしようかな。五分くらいで行くよ」

「わかった」

小躍りしたいくらい嬉しいのを必死で押し隠し、聖也は父親が籠《こ》もっている部屋に入った。集中しているのか、入室しても反応はない。こういうときはへたに声をかけず、さりげなく視界に入るようにしながら、脇の机にトレイを置くのがいい。

父親はやっと気付いて視線だけ聖也に向けた。

「ありがとう」

「できれば冷めないうちに食べて」

父親の食事は栄養バランスとカロリーと食べやすさが重要で、本人の嗜好《しこう》は二の次だ。もっとも父親の滋《しげる》にはこれといって好みの味だとか料理はないらしい。典型的な、食べられればなんでもいい、というタイプなのだ。生きるために仕方なく食事をしている、と言っても過言ではない。従って味の感想など聞いたことがなかった。

父親が出している条件はただ一つ。汁物は厳禁、というだけだった。それはパソコンの近くで食べるから、万が一にでもこぼしたりしたら困るということらしい。理想は両手を使わずに食べられるもの、というのだから呆《あき》れてしまう。

短い親子の会話を終えて三階に戻ると、急いでテーブルセッティングをした。向かいあう形だ。

今日のメインは鯖《さば》の竜田揚《たつたあ》げで、宇城好みのあっさりとした味に仕上げてある。味噌汁《みそしる》も信州《しんしゅう》味噌を使ったし、炊き込みご飯も薄味だ。ちなみに父親は味噌汁抜きで、炊き込みご飯も握り飯の形にしておいた。

それなりに長い付き合いだから、宇城の好む味は把握している。だからといって、食べるかどうかもわからないのに彼好みに作る自分に笑えてしまった。

そもそも聖也が料理の腕を上げたのは、宇城の胃袋をつかもうという目論見《もくろみ》があったからだ。そのための努力は惜しまなかった。そのかいあってか、宇城は聖也の料理を気に入ってくれている。

笑えるほど健気《けなげ》だと自分でも思った。

テーブルの上を見渡して、小さく頷《うなず》く。見栄えもなかなかだ。宇城と二人だけで食事をするのは三ヵ月ぶりだった。

インターフォンが鳴り、一応相手を確認してから玄関を開けた。

「いらっしゃい」

「いつも悪いね」

「別にいつもってほどじゃないでしょ」

父親の夕食を届けるついでに宇城にも持って行くこともあるが、それだって月に一度か二度だ。聖也にしてみれば「いつも」ではなかった。

空いている椅子にビジネスバッグを置き、ネクタイを緩《ゆる》める姿にドキッとした。宇城にしてみればなんてことのない行動だったのだろうが、聖也にはひどく官能的に見えて仕方なかった。

だが態度にも表情にも出さなかった。その程度には取り繕《つくろ》うことはできる。

向かいあって食事を始め、他愛もない話をしていても、常に聖也は宇城を意識してしまった。いかに自然に話せるか、なんて考えてしゃべっている時点で不自然なのはわかっていた。

「そういえば、来週末のパーティーのことは覚えてるかな？」

「ああ、うん。中学生の子をエスコートするってやつでしょ？　大丈夫、空けてる」

なにしろ指名の仕事なので、代わりはきかない。王子様のような外見を見込まれて、聖也が望まれたのだ。

達祐はどちらかと言うと野性味を感じさせる風貌《ふうぼう》だし、湊都はアイドル系といったほうがいい容姿だ。依頼人の娘の希望とは少し違っていたらしい。

「服もちゃんと用意したし。古着だけどね」

「レンタルでも充分なくらいだよ。そちらの仕事は順調かい？」

「売り上げは横ばいかな」

「このご時世《じせい》に立派なものだよ。聖也くんは商才があったみたいだね」

やんわりと拒絶の意思を突きつけられたような気がして、なにも言えなくなった。いまのは単なる褒め言葉なのか、それともおとなしく現在の仕事をしていろ、という意味だったのか。どちらもありそうで笑顔も引きつりそうになる。

どういう意図で言ったのか、確認してしまおうか。場の雰囲気は悪くなりそうだが、そろそろどちらも食べ終わる頃だし、かまわないだろうか。

衝動的にそう思いかけ、いやもう少し様子を窺ってみようと思い直した。大きく動くということは、これまでの均衡《きんこう》を打ち崩すことにもなりかねない。生殺《なまごろ》しの状態とも言えたが、聖也にはまだこの片思いを終わらせる勇気はなかった。

代わりに別の話題を振ることにした。

「……実はいま、ちょっと困ってて」

話題は伊勢崎のことだ。実際に困っているし、宇城の反応を知りたいという考えもあった。

今日の彼の態度はこれまでとは違い、一歩踏み込んだものだった。店長も感じたらしく、客が帰ったあとすぐに、そろそろ対応を変えないとまずい、と言ってきたくらいだ。上客を逃がしたくない気持ちはわかるが、自分のことも考えたほうがいいよ……なんて説教されてしまった。

「それは店のことで？」

「うん。お客さんがさー……その人、上客なんだけど、なんていうか……俺目当てみたいで。あ、これは店長とかほかのバイトも同じ意見ね。それで……口説かれてるんだけど……」

「それはそれは。相変わらず、モテますね」

宇城は涼しい顔で、どこかおもしろがっているような気配すら窺わせた。その態度にまた胸の奥がじくじくと痛んだ。

「……嬉しくない」

言い寄られていることもそうだが、宇城の反応がもっと嬉しくなかった。やっぱりどうでもいい存在なのかと、唇を嚙《か》みしめたくなる。

聖也の心情を知ってか知らずか、宇城は事務的な口調で言った。

「困っているようなら、調査しようか？」

「そこまでじゃないよ」

思わず苦笑して、聖也は箸《はし》を置いた。ちょうど宇城も食事を終えて、ごちそうさまと言ってくれたので、すぐに片付けることにした。

食洗機に放り込み、お茶をいれて宇城にも出す。

さっきのは身内としての言葉であって、ビジネスライクではなかったと思う。そして恋愛感情なんてものは微塵《みじん》も感じられなかった。

本当に不毛な片思いだ。恋をしているドキドキ感だとか些細《ささい》な喜びなんていうものも多少はあるが、それよりも虚《むな》しさや痛みを覚えることのほうが多い。それも圧倒的にだ。

宇城と出会ったのは、告白の数ヵ月前だった。宇城が父親に引き抜かれてきたことで、自然と顔をつきあわせるようになった。ちょうどその頃、宇城は新しい住まいを探していて——というより、身を寄せる場所がなく、住まいが見つかるまでということで、聖也の家で暮らすようになったのだ。

聖也に料理を教えたのは宇城だ。そのほかの家事も、彼に教えられた。当時、聖也の母親は家を出てしまい、離婚協議の真っ最中だった。中学生だった聖也は一人で家にいることが多く、宇城にずいぶんと助けられたものだった。宇城は親切なわけではなかったが、彼なりに聖也のことを気にかけてくれた。

いまにして思えば、あれは父親に頼まれてのことだったのだろうが、聖也はそんなことにも気付かず、彼に気持ちを傾けていったのだ。

(単純だよねぇ……超ありがち)

家庭が壊れ、聖也はそれなりに傷ついていた。自分にも理由があったんじゃないかとか、子供である自分の存在は両親を繋《つな》ぐものになりえなかったんだとか、自らを責めるような考えも多少は抱え込んでいた。それに単純に寂しかった。そんなときに一緒に生活し、いろいろなことを教えてくれた人になつくのは仕方ないことだとは思うのだが。

(なんか、放っておけない感じだったしね)

当時の宇城は、どこか退廃的《たいはいてき》な気配を漂わせていた。現在の彼からは考えられないが、父親が引っ張ってくる前はバーで一年ほど酔客相手の仕事をしていたらしい。そのさらに前は商社にいたそうで、父親とはその当時の知り合いだったという。

なにがあったのかは知らないが、あの頃の宇城はどこか危険な香りがした。日の当たらない場所から出て来たような、ほの暗い気配があった。実際、自己を省みないようなところもあり、目を離したらどこかへふらりと消えてしまいそうに思えた。

そんな彼に寄り添いたいと思ったのが、最初だったかもしれない。とにかく気がついたら、恋をしていた。

危《あや》うげだったけれども魅力的な大人の男に、聖也は強く惹かれたのだ。聖也も子供だったから、そういったものが格好良く見えたのかもしれない。

同性に恋心を抱いたことに、不思議と戸惑《とまど》いはなかった。

いまでは宇城も柔らかで落ち着いた雰囲気を纏《まと》うようになったが、宇城の雰囲気や立ち居《い》振る舞いが変わっても、聖也の気持ちは変わらなかった。実際のところ、宇城が本当に変わったのか、表面的にそう見せているだけなのかは、聖也にもよくわかっていない。

とにかく十五歳だった聖也は恋心を自覚し、すぐに宇城に告白した。怖いもの知らずだった。物心がついたときから思いを寄せられる一方だったせいで、むやみに自信があったせいかもしれない。断られるなんて考えもしなかったのだ。

好きだから付き合って、などとストレートな言葉で告白したら、顔色も変えずにきっぱりと断られた。しかも「対象外」という、身も蓋《ふた》もない言葉で。

初めて振られてショックだったものの、はいそうですかと引き下がることはしなかった。理由は性別か年齢か、それとも見た目か性格かと、さんざん食い下がっていたら、十年後にまだ好きならば考えると言われた。あのとき、結局理由は言ってもらえなかった。

体《てい》のいい断りだったのだろうが、十年たったいまでも聖也は宇城が好きだ。時間の経過で逃げられると思っていたのだとしたら、とんだ計算違いだろう。

（僕だって、諦めようとしたけどね……）

不毛な恋に見切りを付けようと彼女を作ったこともあった。けれどもだめだった。好きになれそうだと思った子だったし、好意も抱いてはいたのに、恋愛感情には育たなかった。いろいろな意味で、欲を感じなかった。結局、三ヵ月も保《も》たずに最初の彼女とは別れてしまい、再度のチャレンジはもっと短い時間で終わった。

以後、彼女は作っていない。相手に失礼だと思ったからだ。

溜め息をついてから、ちらりと宇城を見やる。すると彼は聖也を見ていたらしく、しっかりと目があってしまった。

「う……あ、えっと……」

「このあいだの話の、続きをしようか」

「え？」

「そのために来たようなものなんだ。君の手料理が好きというのも、もちろんあるけどね」

宇城は宇城で考えがあって誘いに応じたらしい。先日の話と言われて、聖也はにわかに緊張した。

十年目の答えを求めたことを言っているのは間違いなかった。

沈黙が落ち、聖也の背後では食洗機が動く音がしている。

先にいたたまれなくなって口を開いたのは聖也だった。

「ようするに、十年たってもだめでした、って話？」

「そうなるね」

予想していた通りの答えだから、ショックなんて受けなかった。ただ傷つきはする。何度目だろうと、振られたら痛いのだ。

手が震えそうになるのを抑《おさ》えて、まっすぐに宇城を見つめる。あのとき語ってもらえないまま、はぐらかされ続けてきたことを、いまこそ聞いておきたかった。

「……僕のどこがだめ？　男っていうのは、理由にならないんだよね？」

宇城が遊ぶ相手のなかに同性が含まれているのは知っている。そして彼自身の口から、同性愛はタブーではないと聞いたこともあった。

宇城は大きく頷いた。

「ならないね」

「遊び相手はよくても、恋人は女の人じゃないとだめ……とか？」

「性別の問題じゃないよ」

「年が離れすぎてる？」

「そこは気にしないな」

性別でも年齢でもないなら、問題は聖也自身にあると言われたようなものだ。はっきりと言われるのは怖いが、言われなければ動けないだろうことはわかっていた。

意を決して、聖也は尋ねてみた。

「だったら、僕のどこが問題？　それって直せない部分？」

「どこもだめじゃない。直す必要はないと思うよ」

気休めにもならない言葉に、聖也は宇城を睨《にら》み付けた。受け入れられないと言いながら、問題点はないと言う。到底納得はできなかった。

睨んでいるというよりも、むしろ半泣きになっているかもしれないと、どこか冷静な部分で思った。

宇城はそれを見て、わずかに苦笑する。

「そんな顔をされると、非常に困るんだが……」

本当に困っているような顔をするから、この男は質《たち》が悪いのだ。嘘ではないのかもしれないが、きっとほんのわずかな困惑に過ぎないはずだった。

「知らないよ。あんたがさせてるんじゃないか。意味わかんないよ」

「まぁね。あえて問題点を挙《あ》げるなら、見た目も性格も好みすぎるところ……かな」

「は……？」

ますます意味がわからなかった。また冗談めかした態度と言葉で煙《けむ》に巻くつもりかと思ったが、宇城の顔を見る限りそうではないようだ。

深刻そうな顔ではないが、ふざけているわけでもない。まるで自嘲《じちょう》するように、冷めた笑みを浮かべていた。

「正直に言うとね、君を自分のものにしたいという気持ちはあるんだよ。可愛いと思っているし、抱いてみたいとも思っている。そんなことをしたら、離せなくなりそうだけどね」

「嘘だ……」

そんなそぶりを見せたことはないはずだ。いつだって宇城は涼しい顔をして、聖也の想いをさらりとかわしてきたのだから。

「わたしが嘘をつく理由はないだろう？　君を受け入れる気はないのに、こんな嘘をついてどうなる。本当のことを聞かないと納得してくれないだろうと思うから話してるんだ」

ようやく宇城は聖也と向きあう気になってくれたのだ。拒絶することが前提の言葉だし、すでに胸は痛んでいるが、観念して受け止めるしかなかった。宇城への想いを断ち切るためにも必要なことなのだから。

黙って話を聞く姿勢を見せると、宇城は続きを口にした。

「ブレーキになっていることはいろいろある。しがらみのない相手だったらともかく、君は近すぎるんだよ。雇用主の息子だしね」

「そんな……」

「それに君は真剣すぎる。どう考えても遊び相手には向かないだろう？」

それは自覚していたことだから小さく頷いた。聖也はセックスがしたいわけじゃないし、手軽な恋愛ゲームを楽しみたいわけではない。それが重いと言われたら反論できないほど、真摯《しんし》な付き合いをしたいのだ。

宇城にとって唯一でありたい。聖也が宇城のことを、ただ一人の相手だと思っているように。

ふっと息をついて、宇城はさらに苦い笑みを濃くした。

「なによりも、自分が信用できないんだ。わたしは少し異常なところがあってね。昔のことだから、もう改善されているかもしれないが、実際のところはわからない。昔のままかもしれない」

「異常、って……」

聞き捨てならない言葉に、思わず眉根が寄る。自分のことを異常だと言う宇城の目は理知的で落ち着いていて、とてもそんなふうには感じられない。確かに昔は退廃的な雰囲気を漂わせていたが、異常さなど感じたことはなかった。

「意味わかんない……」

「人と深く関わらなければ、大丈夫なんだよ。ただし自分のものだと思った相手に対しては、異常なほど嫉妬心《しっとしん》を抱くし、独占欲が出る」

「それって……」

聖也はなかば茫然《ぼうぜん》と宇城を見つめた。異常云々《うんぬん》ではなく、嫉妬や独占欲を抱くほどの相手がいたということに衝撃を受けていた。

これまでの彼の態度から、彼は誰に対しても感情が平坦で、情や欲といったものに支配されないタイプだと思っていたのだ。自分が相手にされないのも、そういう男なのだから仕方ないのだと。

だがその考えがいま覆《くつがえ》されてしまった。

言葉もない聖也にかまうことなく、宇城は続けた。

「わたしは十代の頃に、それで相手を追いつめたことがある。相手は二つ上の従姉《いとこ》でね。物心がついたときには、一番近くにいた相手だった」

「従姉……」

とても仲がよく、家が近かったこともあって、頻繁《ひんぱん》に互いの家を行き来していたらしい。親戚《しんせき》のなかでも姉弟のようだと微笑《ほほえ》ましく語られていたという。

「わたしにとって彼女は、姉ではなかったけどね。いや……いまとなってはわからないな。女として見ていたのかと言われたら、そこも自信はないんだ」

ただ当時の宇城にとって、世界の中心は彼女だった。自分は彼女のものであり、彼女は自分のものだった。幼い頃からお似合いだと、従姉弟《いとこ》同士は結婚できるのだと冗談半分に言われ、いつしかそれが確定した未来だと思い込むようになってしまったのだ。笑いながら囃《はや》し立てた大人たちは、シスターコンプレックスのようなものだと思っていたのだろう。

「もちろん彼女はわたしのことを、従弟としか……せいぜい弟としか思っていなかったんだよ。わたしは彼女を自分のものだと認識していたけどね」

何度も想いを告げた。そのたびに彼女は困ったような顔をしたが、拒絶の意思は示さなかったという。彼女は彼女で、宇城との関係が変わることを避けたいと考えていたのかもしれない。

「すべてが破綻したのは、わたしが十五のときだ」

十五歳といえば、聖也が宇城に出会い、恋をして告白をして、見事に玉砕した年齢だ。感情に突き動かされ、後先を考えずに勢いで行動した。さすがの宇城だって、その年頃はまだ未熟だっただろう。感情の赴《おもむ》くままに相手に迫り、それによって相手が逃げ場を失って困惑したとしても、ある程度は仕方ないのではないだろうか。

そんな思いで見つめていると、形のいい唇が皮肉っぽく歪《ゆが》んだ。

「おそらく君が考えているようなことではないと思うよ。わたしは事件を起こしてしまったからね」

「じ……事件？」

「そう。表沙汰にはなっていないから事件とは言わないかもしれないが……普通に考えたら、あれは事件だな」

まるで他人ごとのようだった。二十年以上も前のことだから客観的に捉えているだけかもしれないが、まるで自らを犯罪者のように語る姿を直視するのは苦しかった。

　自然と視線は下を向いた。

「彼女に婚約話が持ち上がったんだよ。十七で……と思うかもしれないが、そういう家でね。まぁ政略結婚だな」

「え……」

「わたしのことは特に考慮されなかった。大人たちは、あくまで姉弟のようだと思っていたからね。あるとき父から、世間話のように話を聞かされたよ。で……わたしは彼女を連れて逃げたんだ。いや、そう言うと聞こえはいいが、ようするに無理矢理攫《さら》って閉じ込めたわけだな」

「攫う……」

　いまの宇城からは想像もできない情熱に、胸のなかがちりちりと焦《こ》げそうだった。顔も名前も知らないその少女に嫉妬してしまいそうになる。

　自分が彼女の立場だったら、と思わずにいられなかった。

「当時のわたしは、駆け落ちでもするような気分だったよ。だが実際は拉致《らち》監禁だ。彼女の意思は無視したからね。隠して、誰にも見つからなければ、ずっと自分のものでいると思っていた」

　正常な判断はできない状態だったという。できていれば、廃墟《はいきょ》の地下室のような場所に二人で閉じこもるなどしなかっただろうと。

　当時の宇城にとっては「たったの一週間」だったが、彼女にとっては「一週間も」だった。

光の差さない地下室で、常軌《じょうき》を逸《いっ》した相手と二人だけ。水や食料はあったが、いい環境だとは言えなかったそうだ。

しかも宇城自身が、彼女となにを話したかあまりよく覚えていないという。あるいは会話はなかったのかもしれないとも言った。

「わたしは彼女を犯したりはしなかったし、キスすらしなかった。それでも彼女が恐怖を感じていたことは間違いない」

なにをするかわからない相手だと、彼女はひたすら怯《おび》えていたのだろう。よく知っているはずの従弟が、得体の知れないものに見えていたのかもしれない。

一週間後、家の者に見つかって保護されたときには、彼女はかなり不安定になっていたという。精神のバランスが崩れたのだ。もともと繊細《せんさい》でもあったのだろうし、それだけ宇城が恐怖を与えてしまったということもあるのだろう。

静かな口調で話す宇城からはとても想像できない話だった。

聖也は声もなく彼を見つめる。やはり宇城がしたことよりも、そこまで想う相手がいたことのほうがショックだった。

宇城は誰にも本気にならないのだから、自分を相手にしてくれなくても仕方ない。そう自分を慰《なぐさ》めてきたというのに、もうその手は使えない。

激情を向けるに値《あたい》しない存在だっただけ。それを認めるのは、覚悟があってもやはりつらいものがあった。

俯《うつむ》く聖也になにを思ったのか、宇城は少しのあいだ黙りこんだ。沈黙がどのくらいあったのか、やがて彼はふっと息をついてから口を開いた。

「世間体を考えて、わたしたちのことはひた隠しにされた。だからわたしの罪はなかったことにされたよ。そこそこ目立つ家だったのでね」

名家ということだろうか。そういえば昔、宇城と父親が話しているのを聞いたことがあった気がする。具体的な話ではなかったが、宇城の生家で大規模な葬儀があるという話だった。新聞を読んでいた父親が、訃報欄《ふほうらん》を見て言い出したのだ。

だが宇城の口から身内の話が出たのは初めてだった。付き合いがあるような様子はなく、なにか事情があるのだろう、くらいに思ってきたのだ。

「宇城というのは母の姓だ。わたしのせいで母は離婚するはめになってね」

犯罪者になりかねない危険な存在として、宇城はカウンセラーを付けられたあと、母親ごと生家から出されたのだという。そのせいで母親やそちらの親族とも折り合いが悪くなり、現在ではまったく接触がないらしい。もちろん父親の家とも。

宇城が肉親や親類の気配を感じさせないのも、話にすらまず出ないのも、過去のことで縁を切られているからなのだ。

「……宇城さん……」

　いろいろと衝撃的だったが、やはり一番は従姉の存在だ。関わりを絶たれていることはわかるが、彼の気持ちはどうなのだろうか。

　顔を上げると、宇城はまっすぐに聖也を見つめていた。いつもの彼だった。

「いまも、好きなの……？」

　目を逸らすまいと気持ちを奮い立たせる。いまでも想い続けていると言われても、ショックを顔に出すまいと奥歯をぐっと噛みしめた。

　宇城が口を開くまでには、ずいぶんと時間があった。考えているのか、それとも言葉を選んでいるのか、いずれにしても聖也にとっては息苦しいばかりの時間だった。

　ふっと小さく息が聞こえた。笑っているようにも、溜め息をついているようにも聞こえた。

「いまは……というよりも、ずいぶん前に終わってる感情だよ。結婚したと聞いたのは十年以上前で、そのときでさえ、なんとも思わなかったくらいだ。よかった、とは思ったけどね、その程度だった。ごく軽い感想しか浮かばなくて、自分でも驚いた」

「そうなんだ……」

　嘘を言っているようにも無理をしているようにも見えなかった。宇城のことだから、見たものがすべてではないだろうが、言葉通りだと信じたかった。

「たぶん、彼女への気持ちはあの一週間のうちに変わっていたんだろうな。わたしを受け入れない彼女を見て、自分のものではなかったことに気付いたんだと思うよ。保護されたとき、憑《つ》きものが落ちたような気分だったのを覚えているしね」

「だったら、もう大丈夫なんじゃ……？」

「どうかな。一応、カウンセラーからも問題はないと言われたんだが……自信はないね。遊びで他人と寝ることはできても、本気の相手は作りたくないんだ。恋人を作ってしまえば、また異常な独占欲を抑えられなくなるかもしれないからね」

「でも、昔のことだし……もう大人なんだし」

二十年以上もたっているのだ。思春期まっただ中の少年と、人生経験を積んだ大人が、同じ行動を取るとは思えなかった。もちろん素人《しろうと》考えだが。

宇城は苦笑を漏らした。

「残念ながら、わたしのなかの狂気は消えていないらしいよ。君を見ていると、おかしな気分になってくるからね」

「え……？」

「執着と、いろいろな欲望だな」

見つめてくる目がどこか凶暴な光を宿した気がして、ぞくっと背筋が震えた。怖いような、それでいて喜びを帯びたような、言いようのない感覚だった。

目が離せなくなる。普段の理知的な彼とも、かつて見せた退廃的な彼とも違っていた。もっと危うげで、確かに狂気を感じさせる知らない男がいた。

「いまの関係ならば、これ以上になることはないから安心していい。わたしは犯罪者にはなりたくないのでね」

宇城はすっと立ち上がり、傍らに置いたバッグに手を伸ばす。話は終わりということだった。

「ま……待ってよ……！」

慌《あわ》てて聖也も立ち上がり、宇城と向かいあう。そうすると身長の差をあらためて実感した。聖也だって低いほうではないが、宇城はかなり長身なのだ。

「おかしな気分って……執着と、欲望……って……」

「言葉通りだよ。君に惹かれているし、欲情している、という意味だ」

「だったら、宇城さんのものにすればいいじゃん……！　僕だって宇城さんが好きなんだよ。ずっと前から、そう言ってるよね？　だめな理由が、わかんないよ。なんの問題があるの？」

「君の生活を壊すことになるよ。わたしは人間的に問題があるからね」

「そんなことない。宇城さん、ちゃんとした人だよ。問題ある人は、自分からあるって言わない気がする」

「どうかな。とにかく話は終わりだ。わたしは君を自分のものにするつもりはない」

立ち去ろうとする背中に、聖也はとっさにしがみついた。こうやって触れに行くのは、この十年で初めてだった。宇城の本心を——自分への気持ちを聞いたおかげで、少し大胆になれたのだ。

だが返ってきた反応は、まずは深い溜め息だった。

「うんざりするほど干渉するし、息苦しいほど束縛もする。いまの仕事は辞めさせるし、自分以外の誰かと出かけたりすることにも嫉妬するだろうね。もしかしたら家から出さないかもしれない。自由ではいられないよ。それでもいいのかい？　人生を捨てるようなものだよ」

「そんなの可能性の話でしょ。実際に恋人になってみないとわからないじゃん。十五のときといまじゃ違うってば」

「変わったという可能性は確かにあるね。ただ、君をめちゃくちゃに犯したいという欲望があるのも確かだ。縛って動けなくして、気を失うまで責めて……こういう衝動は、昔はなかったはずなんだけどね。ある意味、昔よりひどいのかもしれないよ」

脅《おど》しとも取れる言葉にも、聖也は怯《ひる》まなかった。惹かれていると、欲情もすると言ってもらえたのだ。ここで引き下がるなんてできなかった。

「それでもいい」

怖いと感じる以上に、この男に囚《とら》われたいという欲求が勝《まさ》る。この男のものになり、そしてこの男を自分のものにしたいと思った。

衝動に聖也は突き動かされた。

宇城の正面にまわりこみ、自分より高い位置にある肩に手をかける。触れた肩は聖也のものよりもずっと厚みがあって男らしかった。

睨み付けるようにして顔を見たのは一瞬だ。聖也はぶつかるようにして顔を寄せていき、宇城の首に抱きつきながら彼を引き寄せた。

感情をぶつけるようなキスにムードなんて微塵もなかった。どうしてしたのか、聖也自身でもよくわからない。なにかに突き動かされたとしか言えなかった。

甘さの欠片《かけら》もないキスだったが、いままでしたどんなキスよりも胸が騒いだ。初めてキスしたときですら、ここまで心臓はうるさくなかったはずだ。

両腕を宇城の首に絡ませて、唇を深く結ぶ。

抵抗はされなかった。かといって反応もない。気がすむまでさせておこうとでも言うように、宇城はじっとしていた。

だから意地になったし、ムキにもなった。聖也に欲情するなんて言いながら、涼しい顔でいられるのが悔しかった。

宇城の背後にあったソファに彼を押し倒し、馬乗りになってまたキスをした。

さっきネクタイを外して緩めた胸元から手を差し入れて、キスしていた唇を首に落とそうとすると、やんわりと手を握られた。

ようやく宇城が反応らしい反応をしたのだ。

「無理はしないほうがいい」

「してないってば」

「わたしを抱きたいのかな？　それとも、抱かれたい？」

静かに問われて、聖也はぴたりと動きを止めた。首にキスしようとしていた顔を上げ、まじまじと宇城を見つめてしまう。

抱きたいか抱かれたいかで言えば後者になるのだろうが、積極的にそれを望んでいるわけではなかった。好きだ好きだと言い続けてはきたものの、その思いを受け止めてもらうことばかりを考えてきたから、その先のことは二の次だったのだ。

「……抱きたい、とは思ってないかも……」

ポジションがどうこうよりも、宇城と肌をあわせるということが重要な気がした。正直なところ、プラトニックでもかまわないと思っているくらいだ。昔からそうだったが、聖也は基本的に淡泊なのだろう。

宇城はのしかかられたままの格好で、小さく溜め息をついた。

「本当に男とセックスができるのか？」

「で……できる、と思うよ。あんた以外は無理だけど……」

「わたしも含めて不明、ということだね。わたしの恋人になるということはセックスもするということだよ」

「わかってるよ」

口を尖《とが》らせて返すと、ふっと笑われた。

「どうかな。まぁ、キスができたんだから、可能性は高いだろうけどね」

「だったら……あっ」

またがっている太腿《ふともも》から腰までを撫《な》で上げられ、無意識に声が出た。ざわりとしたその感覚は、知っているようで知らない、危うげなものだった。

一瞬黙りこんで、宇城は小さく溜め息をついた。視線は聖也に向けられていないし、眉間にはわずかにだが皺《しわ》が寄っている。

キスをして押し倒して馬乗りになっているなんて、引かれて当然のことをしているのだ。呆れられてしまっても不思議じゃない。

聖也は固まり、動けなくなった。

そんな彼の耳にふたたび宇城の溜め息が聞こえ、びくりと身が竦《すく》んだ。

「とりあえず、降りてくれないか」

それは呪文のように、聖也の身体を動かした。慌てて宇城の上からどいて、少し距離を取って座る。視線は下を向いたままだ。とても顔を見ることはできなかった。

宇城は身体を起こすと、簡単に衣服を整えた。脱がしたわけではなかったが、多少は乱れてしまっていたからだ。

ややあって宇城は口を開いた。

「仮の話だが……もし君がわたしの恋人になるとしたら、君には抱かれるという選択肢《し》しかないよ。それと、基本的にわたしのセックスはしつこい。自分のやりたいようにしかやらないから、君の都合は考えないしね」

「都合……？」

「君の気分や、体力的なことだね。病人に無体《むたい》なことをする趣味はないが、体力的について来られない、といったことは無視するだろうな。泣こうが喚《わめ》こうが、知ったことじゃない。まあ、泣かれたら泣かれたで、わたしにとってはご褒美《ほうび》だ」

「………」

そういう男だったのかと、まじまじと宇城を見つめてしまった。多少たじろぎはしたが、この程度で引きはしない。十年の想いはそれほど軽くはなかった。

「君の泣き顔は可愛いしね」

「……SMプレイとか、好きなの？」

「そこまでじゃない。わたしはマニアではないのでね」

「そ、そう」

少しだけほっとした。どこからがマニアックなのかは不明なので、心底安心するということはできなかったが。

そんな聖也に、宇城は冷静な言葉を投げつけた。

「君は可愛らしい女の子と付き合うのが一番いいと思うよ。もし相手に男を選ぶとしても、もっとまともな男を探したほうがいい」

宇城は立ち上がり、今度こそ帰っていった。ドアを閉めながら、「ごちそうさま」と「おやすみ」を言い置いて。

結局、受け入れてはもらえなかった。キスしても押し倒しても無反応だったし、最後には別の誰かと付き合えとまで言われてしまった。

思い切って行動すれば、踏ん切りがつくかもしれないと思っていた。

だが甘い考えだった。十年間抱えてきた恋心は、聖也が考えていたよりもずっと頑《かたく》なだったらしい。

それでもあの男が欲しいと、心だけでなく身体が訴えていた

「よく似合ってるね」

社交辞令のように告げられた言葉が、ひどく苦く感じた。

実際、それに近いものはあるのだろう。思ってもいないことを言ったわけではないはずだが、仕事へのモチベーションを高めるため、といった意味合いが強いはずだ。聖也の見た目が好みだと言っていたから、本気の賞賛もいくらかはあったかもしれないが。

「リサイクルとは思えないな」

「たぶん一回か二回、着ただけじゃないのー」

よくある話だ。色とデザインに特徴があるから、そう何回も着ていけずに手放すことになったのだろう。オーダーではないようだが、人気のある海外ブランドのもので、青みがかった薄いグレイに、下品ではない程度の光沢がある。さらに細身のラインが強調されていて、着る人間を選ぶのだ。そのせいか、ものがいいわりに安く手に入ったのだった。

「日本人が着ると、この手のはホストになりがちなんだが、君だと王子様だね」

「……どうも」

そう言う宇城は、パーティーにしては地味な装いだ。聖也と違って宇城自身が招待客だというのに、特徴のないブラックスーツだった。顔立ちが整っている上に、肩や胸板のあたりがしっかりとしているから、それでも充分に決まっているのだが。

「もう少し整えよう」

すっと伸びてきた手が、聖也のタイに触れた。

アスコットタイをタイリングで留めているタイプなので、動いているあいだにズレてしまっていたようだ。

とっさに身を固くしてしまい、そんな自分が恥ずかしくてうんざりした。意識しているのは自分だけだった。

顔は上げずにいたから、否応《いやおう》なしに宇城の指先が視界に入った。

長くて男らしい、節《ふし》の目立つ指だ。細くはないが太くもなく、意外なほど動きは優雅だった。

この指が、もしも自分に触れたら――。ふとそんなことを考えてしまって、慌てて頭のなかから追い出した。

目を閉じ、最初からそうすればよかったと後悔した。

「うん、いいんじゃないかな」

「……ありがと」

満足そうな声を聞いても、顔を上げることはできなかった。そんなことをしたら、間近で宇城の顔を見ることになってしまう。

あれ以来、彼の顔を間近で見て、平静さを保っていられる自信がないのだ。

「行こうか」

「……うん」

あっさりと宇城は聖也から離れ、そのまま背を向けた。先日と同じだ。意識しているのはやはり自分だけかと悔しくなった。

いつだって聖也が宇城を追いかけている。目で追うのも、振り向いてくれとひたすら追いかけるのも聖也だ。

悔しくて腹立たしくて、でもやはり好きで。

この想いを捨ててしまえたらいいのにと、もう何度目かもわからないことをまた思った。

「日が短くなったね」

外は薄暗く、肌に触れる空気は冷たくなってきた。少し前まで暑い暑いと言いながら過ごしていたのに、秋が深まるのはあっという間だった。最近妙にもの悲しい気分なのは、季節のせいもあるのかもしれない。

コンシェルジュサービスで送迎に使っている車に乗り込んでからも、隣にいる男を意識した。視線は向けないが、ずっとその気配や息づかいを気にしてしまった。

こんなことではだめだ。これから仕事なのだから、気持ちを入れ替えなくては。

車は依頼主の自宅へと向かっていた。ドイツの高級セダンのハンドルを握るのは宇城だ。聖也も運転することはあるが、助手席のほうが気楽でいいと思っているタイプなのだ。

ちなみに湊都は初めてこの車の運転をしたとき、涙目になっていた。来年の夏前には一人で客の送迎や買いものに使わねばならないので、いまは練習中で、ときどき聖也が助手席に乗って付き合うこともあった。

その湊都と比べると、宇城の運転は安心感が違った。口に出して言ったことはないが、ハンドルを握る彼の隣にいるのは好きだった。

だが今日はその時間がとても少ない。依頼主の自宅まではほんの五分ほどだった。

高層マンションのエントランスは見栄えもよく、まるでホテルの車寄せのようだ。会社がわざわざ高級車を使っている意味がよくわかった。

下りてきた母子《おやこ》は華やかにドレスアップしていて、聖也がエスコートする中学生の子は緊張の面持ちだった。少し背伸びをしている印象だが、これはエスコートする聖也の年を意識したのかもしれない。なにしろ十歳も違うのだ。

「こんばんは。お二人とも、すごくきれいですね」

向ける笑顔と言葉は、あくまで水商売ふうにならないように心がけた。求められているのは「王子様」だから、あくまで上品に、そして爽《さわ》やかさも忘れないようにする。

「本当に。一段と華やかですね」

車から降りた宇城も柔らかな笑顔で、さらりと二人を褒める。彼が本来の雰囲気を出して言ったらなにを言ってもセクハラじみて聞こえそうだが、営業用の態度ならば問題はなかった。

娘の名は彩菜《あやな》といい、この手のパーティーは初めてだという。

「彩菜ちゃん、今日はよろしくね。不自由なこととか、要望とか、なんでも言ってくれていいから」

「は、はい」

聖也は後部ドアを開けて二人が車に乗るのを待ち、助手席に戻った。パーティー会場となるホテルはここから二十分くらいだ。

ホテルに着くと、ロビーには大勢の客がいた。パーティーの客と宿泊客とでかなりにぎやかだ。

宇城はエントランスで三人を降ろし、駐車場へ向かっている。彼は運転手役をしていたが、パーティー会場では基本的に別行動となる予定だ。依頼主のエスコート役は頼まれていないらしい。

「では、お嬢さまをお預かりしますね」

「よろしくね。なにかあったら、すぐに連絡をちょうだい」

「はい」

母親と彩菜が別行動なのは、母親はどうしても仕事の関係者と話すことになり、そのたびに娘を紹介するのが面倒だから、ということだった。一方の娘も、初対面の大人たちを相手に何度も繰り返し同じような挨拶と世間話をするのはいやだという。それでもパーティーに来たのは、同じ年の知り合いが参加すると聞いたかららしい。

ようするにライバルだ。同じ年で同じお嬢さま学校に通う、友達ではないが常に意識しあっている相手だという。母親である依頼主がくすくす笑いながら言っていた、と宇城から聞いた聖也は、自分が指名された理由も理解したのだった。

今日の自分は、ただのアクセサリーだ。買いものや食事のお供も同じで、彼女たちの虚栄心を満足させる存在なのだ。

「どうぞ」

肘《ひじ》を取らせてゆっくりと歩き、聖也は会場に入った。

参加者は五百人を超えるらしいから、なかなかに会場はにぎやかだった。あちこちで談笑している姿が見られる。

入り口で受け取ったドリンクを手に、比較的すいている場所に留まることにした。立食パーティーだが、今日は食べているひまはない。アルコールも入れないことにしているので、受け取ったのもウーロン茶だ。彩菜はオレンジジュースをもらっていた。

「誰か知り合いはいるの？」

事情を母親から聞いていることは内緒だ。あくまでとっかかりの会話として、聖也はそう話しかけた。

「いる……かもしれないけど、そんなに仲いいわけじゃないから」

「そうなんだ」

「うちのお父さんと、あっちのお父さんが大学のときの知り合いで……わたしたちも、小学校のときから同じ学校なの。でもそれだけ」

「僕はどういう態度でいればいい？　もしその子にあった場合に、希望があれば言って。なんていうのかな、一応キャラクターを決めておきたいんだ」

「えー……うーん……」

彼氏は無理があるから、今回は遠縁の者……ということにしようと決めてある。依頼主の従弟の子供、という感じだ。だがそれ以上のことは決まっていなかった。

「君のことを妹のように可愛がってるって感じにするのか、光源氏《ひかるげんじ》みたいにお年頃になったら彼氏に収まろうと思ってる感じか……それとも……」

「光源氏で……っ」

「わかった」

照れながらもきっぱり言った彩菜に自然な笑みがこぼれる。

さすがに十五歳の中学生は対象にならないが、やはり女の子は可愛いと思う。思うが、聖也の心が揺さぶられることはないのだ。

無意識に目が会場の入り口に向く。

宇城を捜している自分に気付き、失笑しそうになった。

「聖也さん？」

「え……ああ、ごめんね。知ってる人がいないかどうか、見てたんだ」

適当な理由を言って微笑むと、彩菜は頬を染めて視線を逸らした。笑顔と愛嬌《あいきょう》を振りまきすぎると相手が本気になってしまうことがあるので、様子を見ながら対応を微妙に変えていかねばならないだろう。過去に何度か失敗しているのでつい慎重になってしまう。

彩菜と他愛もない話をしながら待っていると、会場の雰囲気が変わり、主催者の挨拶が始まった。今日のパーティーはとある会社の創始者の、喜寿《きじゅ》の祝いだ。主催者はその子供たちということのようだった。

長々と続く本人の挨拶にはうんざりしたが、聖也は笑顔を絶やすことなく、退屈そうな彩菜に話しかけて気を紛らわせた。

乾杯の音頭を取る人間が登場したときには心底ほっとした。

空気を読んだのか比較的短い挨拶のあとで乾杯となり、聖也と彩菜は軽くグラスをあわせた。

「料理を取ってくるよ。どういうのが好み？」

「なんでもいい」

「わかった。ちょっと待ってて。見えるとこにいるから、なにかあったらすぐ来るんだよ」

「うん、大丈夫」

可愛らしい少女だから目を離すのは心配だったが、彩菜から見える場所にいれば、たとえナンパ男が来ても大丈夫だろうとその場を離れた。

開始直後ということもあって、ビュッフェ台の周囲はごった返している。聖也は皿を一つ手に取り、女の子が好きそうなものを少しずつ取っていった。オードブル中心にしたのは、普段はどうあれ今日の彼女はあまり食べないだろうと踏んでのことだ。

「さすがだね。きれいな盛りつけだ」

いきなり宇城の声がして、ドキッとした。いつの間にか近くまで来ていた彼は、ビュッフェ台の近くにいるのに料理を取る気はないようだった。手には薄い琥珀《こはく》色《いろ》の液体が入ったグラスを持っているが、運転して帰るはずなので中身は聖也と同じウーロン茶だろう。

「宇城さんは食べないの？」

「こういう場所ではどうもね」

「ふーん……せっかく僕と違って本当のお客さんなのに」

宇城は仕事でいるわけではないので、食事でもなんでも好きにすればいいと思うのだが、当の本人にパーティーを楽しもうという気はないようだった。むしろいやいやいるように見えた。

珍しいこともあるものだ。いまの宇城はとてもわかりやすかった。

「もしかしてパーティーは嫌い？」

「好きじゃないね。義理でもなければ、顔を出そうとも思わない」

「へぇ……」

「意外そうな顔だね」

「だってこういう場所って、ビジネスチャンスって思いそうっていうか……うまく言えないけど、人脈作る機会とか思うタイプかなって」

現に今日は父親の代理で来ているようなものなのだ。本当は父親も招待されていたのだが、当然のように出席する気はなく、宇城が顔を出して体裁を整えているわけだ。だから投資会社の顧客も、ここには何人かいるはずだった。

「人脈ね。まぁ便利ではあるが、煩わしくもあるな」

「え？」

「そろそろ戻ったほうがいい。レディを待たせるのはよくないよ」

「あ……うん」

そうだ、彩菜をいつまでも一人にしておくわけにはいかなかった。宇城といると、ついほかのことを失念してしまいがちで、聖也は慌てて踵《きびす》を返した。

五種類ほどをきれいに盛った皿を手に戻ると、彩菜は誰かと話していた。一組の若いカップルのようだ。

彩菜が聖也に気付いて、ぱっと表情を明るくする。そのタイミングで聖也は彼女の隣に戻った。

「ただいま。はい、こんな感じでどうかな」

「あ……ありがとう」

皿を見せながら、とびきり甘い顔をしてみせる。彩菜はちょうど皿に目を落としていたから、目撃したのはカップルの二人だけだ。

凝視《ぎょうし》されているのを承知で、聖也はカップルに——主に女性のほうへと目をやった。

女性といっても、年はかなり若い。大人っぽくはしているが、彩菜と変わらないように見えた。例のライバルという可能性が高いだろう。

勝ち気そうで、プライドも高そうだ。女王さまのタイプに思える。

「こんばんは」

にっこりと笑ってみせると、たじろいだような反応があった。

連れの男は大学生くらいだろうか。茶髪を跳ねるようにセットした、いまどきの青年だ。身長は聖也とそう変わらないから、低くもないが特別高くもないというところだろうか。スーツは身体にあっていないものの、安いものではなさそうだ。

(顔はまぁまぁ……かな)

イケメンと言っても通用するだろうが、聖也の周囲にいる面子《めんつ》と比べたら普通に分類されてしまうだろう。場慣れしていないのか、かなり居心地が悪そうにしていた。

「彩菜ちゃんのお友達?」

「……学校の」

友達、とは言いたくないのか、彩菜は小さな声でそう返してきた。やはり話に出たライバルで間違っていなかったらしい。

「そうなんだ。彩菜がいつもお世話になってます」

「い……いえ……」

ライバルの少女はひどく戸惑い、ちらりと彩菜を見やった。口には出さないが、これは誰だと問いかけている目だった。

「えっと……母方の親戚の人なの」

「パーティーが初めてだって言うから、僕がエスコートを買って出たんですよ。初めての役は譲れないでしょ」

甘い笑みが自分の武器だということを聖也はよく知っている。声の調子も雰囲気も、同じように甘さを漂わせた。

今日の仕事は単なるエスコートではない。この場面のためにいると言っても過言ではないのだ。

彩菜は顔を赤らめて下を向いた。本当に可愛いなと思うが、やはりそれだけだった。小動物を愛《め》でるのと大差ない感情なのだ。

結局、ライバルの少女はほとんどしゃべらず、逃げるようにして離れていった。連れの男に至っては一言も口を開かなかった。

姿が見えなくなると、彩菜がほっと息をついた。

「あんな感じでどうだった？」

「完璧。あっちより聖也さんのほうが百倍格好良かったし」

「ありがとう」

見た目はふわりとして可愛いし、擦れたところもない素直そうな子だが、ライバルが相手だと闘志が剝《む》き出しになるらしい。それはそれで微笑ましい話だ。

「向こうも彼氏って感じじゃなかったね」

「取り巻きが何人もいるって聞いたことあるから、それかも」

「なにそれ、やっぱ女王さまなの？」

中学生のくせに男を侍《はべ》らせているとでもいうのだろうか。想像したらげんなりとして、漏らす笑みも乾いてしまった。

「そんな感じ。きっと一番のイケメン連れてきたんだと思うけど、聖也さんと比べたら全然だったよね。あの子、すごく悔しそうな顔してたもん」

「ならよかった。山場は抜けたかな」

もう一度近付いてくるとは思えないから、あとはパーティーが終わるまで彩菜を退屈させず、無事に親元まで届ければいいだけだ。

取ってきた料理をようやく渡すと、彼女は遠慮がちに食べ始めた。その横で聖也は、また無意識に宇城の姿を追っていた。

（あ……）

今度はすぐに見つかった。誰かは知らないが、恰幅《かっぷく》のいい初老の男性と話をしている。そのうちにもう一人が加わり、名刺交換を始めた。

仕事中の顔だ。あれを見て、彼の過去や素《す》を想像できる者は少ないだろう。パーティーが好きじゃないと呟《つぶや》いていたとも思うまい。

いまの彼は、いかにも仕事のできそうなエリートといった風情《ふぜい》だ。派手さのない美丈夫だから、ちらちらと彼を見る女性も多い。

「聖也さん？」

「え？　ああ、ごめん。なに？」

我に返って彩菜を見ると、不安そうな顔をされてしまった。エスコートする相手を忘れて勝手な感傷に浸るなんて、宇城に知られたら呆れられてしまうだろう。

仕事に集中しなくては。聖也はもう一度謝って、空になった皿を彩菜の手から引き取った。

「誰かいた？」

「そうじゃないよ」

「あ、宇城さん？　あの人も格好いいよね、ちょっと怖いけど」

彩菜は聖也の視線を追い、すぐに宇城を見つけた。それくらい目立つということもあるのだろう。

「怖い？」

「えっと、なんていうか……緊張するの。遠くで見てたいタイプかなぁ。聖也さんみたいに、普通に話せないもん」

「ああ……まぁ、ちょっと迫力あるかもね」

「そうそう」

強面《こわもて》でもなければ威圧感があるわけでもないのに、宇城は静かな迫力があるのだ。物腰の柔らかさでずいぶんと緩和されていたとしても、彩菜のように近付きがたさを感じる者は多そうだ。

「確か、すごいとこのご令息《れいそく》だったんでしょ？」

「……そうみたいだね」

「どこだっけ……聞いたんだけど、忘れちゃった。お祖父《じい》ちゃんが、宇城さんのお父さんのこと、ちょっと知ってるって言ってたの。離婚はともかく、一人息子の親権を手放したのは失敗だろうって言ってた。仕事できそうだもんね」

外から見たら、優秀な息子を外へ出したことは不可解なのだろう。それだけ現在の宇城が認められているということでもあるのだろうが。

彩菜がなにを聞いているのかは知らないが、これ以上宇城の話はしないほうがいいだろうと思った。無関係の者から、聖也の知らない宇城の話を聞くことも気乗りしなかった。

「そんなことより、お代わり持ってこようか？」

「ううん。もうお腹いっぱい」

「ドリンク替える？」

「まだいい」

ジュースは乾杯のときに飲んだくらいで、ほとんど減っていなかった。どこか椅子が空いていないかと思ったが、数少ない椅子は高齢者のために用意されているらしく、とても十代の少女が座っていい雰囲気ではない。そもそも空いていなかったが。

「疲れたら言ってね。外へ出れば座るところもあるし」

「うん……あ、ごめんなさい。ちょっと化粧室……」

「ああ、じゃあ途中まで一緒に」

離れてしまうと合流が難しくなることも考えられるし、酔客も出始めたなか中学生を一人にするのも気が進まない。六時スタートのパーティーなので、彩菜やライバル少女以外にも、ちらほら子供の姿を見かけた。明らかに小学生と思われる者も何人かいるようだ。

ホールを出ると、まっすぐ進んだ場所に化粧室がある。距離にして三十メートルほどなので、聖也はそこまでついていかず、ホールの出口で待つことになった。

小休止だ。化粧直しをすると言っていたので、数分は気を抜いていられそうだ。

ほかにもホールから出て寛《くつろ》いでいる者は何人かいた。座る場所を求める者、空気がよくないからと外へ出て来た者、さまざまだ。近くでは五十がらみの男たちが、椅子にかけて話していた。酒がまわっているのか、すでに顔が赤くなっていた。

「おや、これは……」

一人がポケットからなにかを出したとき、名刺が数枚落ちた。それを拾ったもう一人が、一枚の名刺に目を留めた。

「うん？　ああ、投資屋の名刺ですね」

「この名前……京都の宇城家の関係者ですかね」

突然出てきた名前に聖也はドキッとした。滅多にない姓だ。今日この場で出たからには、聖也がよく知る宇城の名刺に違いない。

「いや、わたしはあまりよく……名家なんですか？」

「ええ……あ、もしかして、これは例の……」

「なんです？」

「いや、宇城家に出戻ったお嬢さん……といっても、我々よりも上ですが、息子も連れて戻ってるんですよ。嫁入り先は、阪西《はんさい》鉄道の周防《すおう》家で、一人息子だったはずなんですがね……」

二十年以上も前の話だと男は言い、もう一人は興味津々《しんしん》で聞いている。

そして聖也は啞然《あぜん》とし、ただ立ち尽くしていた。幸い聖也の様子に気を留める者はいないが、もしいま彩菜が出てきたら不審がられることは必至《ひっし》だろう。

（阪西鉄道って……）

まさかそこまで大物だとは思っていなかった。金も地位もある家だということは聞いていたが、歴史ある鉄道会社の創始者一族だったなんて。いまの宇城にはもう関係ないことだが、それでも衝撃は結構なものだった。

二人の男はまだいろいろ話していたが、すでに聖也の耳には入っていなかった。

ぼんやりとした視界のなかに彩菜が飛び込んできたことで、なんとか我に返り、近付いてくるまでのあいだに、表情や態度を取り繕うことに成功した。

頭のなかは、宇城のことでいっぱいだったけれども。

「ごめんなさい。待たせちゃって」

「なかよりも空気よかったから、助かったよ」

にっこりと笑ってエスコート役に励み、彩菜をお姫さまのように扱いながら、なんとかさっきの話を忘れようとした。忘れようとすることで、かえってそのことばかりを考えてしまうという、悪循環に陥《おちい》っていたが。

視線が常に宇城を捜していても、それは無意識のことだった。

「……だね？」

「え？　あ、ごめん……もう一回言ってくれる？　ちょっと、ぼうっとしちゃってた」

意識が逸れていたことを反省しながら促《うなが》すと、嘆息《たんそく》して彩菜は言った。

「パーティーって意外と退屈、って言ったの」

「ああ……まぁ、パーティーによるんじゃないかな」

「楽しいのもある？」

「うん。たとえば芸能人が来たりとか、ちょっとしたゲームをやることもあるしね」

「ふぅん……あ……」

ふいに彩菜の視線がなにかを捉えて流れていった。聖也の斜め後方だった。

誰か来たのかと思っていると、思いがけない声が聞こえてきた。

「聖也さん」

「え……」

振り向く前にその顔が脳裏に浮かんだ。こんなところで、と思いかけ、いても不思議じゃない男だと思い直した。

不自然にならないように、少しだけ意外そうな顔で振り向くと、伊勢崎がにこにこしながら近付いてきていた。

薄いパールグレイのブランドスーツは華やかで、このまま新郎としてひな壇に上がってもいいくらいだった。

「まさかここで会えるとは思わなかったな」

「……本当に」

いつもの調子で話されたらどうしようかと思ったが、さすがに知り合いがいそうな場所で男に迫るようなことはなかった。ほっとしながら聖也は傍らの彩菜を見やる。

「今日は彼女のエスコート役なんだ」

「可愛いお嬢さんだね」

笑顔でそう言われた彩菜は顔を赤らめた。聖也のときと微妙に反応が違うのは、伊勢崎が男のフェロモンをまき散らしているからだろう。

「親戚の子なんだ。パーティーが終わるまでは僕に責任があるんだから、ちょっかいかけないでね」

「可愛いけど、さすがに犯罪になっちゃうからなぁ」

冗談めかして笑い、伊勢崎はボーイを呼び止めると三人分のドリンクを交換させた。さすがに手慣れている。聖也よりずっとこの手のパーティーに出る機会は多いのだろう。

なぜかそのまま三人で話すことになってしまった。

どうやら彩菜は、聖也よりも伊勢崎のほうが好みのタイプらしい。明らかに表情や様子が違っている。聖也には憧《あこが》れを含んだキラキラとした目を向けてくるが、伊勢崎にはどこか熱を孕《はら》んだとろんとした目を向けるのだ。

女の顔だな、と思った。

ふと視線を感じたような気がしてそちらを向くと、一瞬だけ宇城と目があった。

それだけで聖也の胸は簡単に高鳴るというのに、宇城はまるで置物でも見ていたように相変わらずの涼しい顔で視線を外した。

想いの強さだとか温度の差だとかいったものを、こうして何度も見せつけられてきた。もう慣れたつもりでいたのに、やはり胸はちくりと痛んでしまう。

彩菜が伊勢崎との会話に夢中になっているのをいいことに、聖也は宇城へと意識を飛ばしていた。

そんな聖也を、談笑しながら伊勢崎がちらりと見ていたことなど、気付きもしなかった。

エスコートは彩菜を母親のところに連れて行くまでだ。そのあとは二人を連れて、タクシーで自宅まで送り届けることになっている。宇城の役目は迎えだけだったので、完全に別行動なのだ。

「上手にエスコートできなくてごめんね」

「ううん、楽しかったよ」

待ち合わせのロビーまで歩くあいだも、彩菜はパーティーの余韻《よいん》を引きずっていた。ぽーっとしている、といった感じだった。

結局伊勢崎はお開きの少し前までいたので、かなり長く彼女と話していたことになる。聖也もぼんやりしていたのは最初だけで、後半は積極的に会話に参加していたから、三人で……ということになるが。

「伊勢崎さん、格好いい人だったね」

「そうだね」

「連絡先、もらえばよかった……」

ぽつりと呟いたそれは聞こえなかったことにした。店に行けば連絡先はわかるが、彩菜は依頼主の娘なのだから、男を紹介する形になるのはマズいのだ。もっとも大学名を教えていたから、その気になればたどり着けるだろう。なにしろ彼もかなり目立つ男なのだ。

「彩菜ちゃん。ああいう小慣れた感じの男には注意しないとだめだよー」

「だったら聖也さんも注意しなきゃだめってこと？」

「僕は違うの。客商売だからそう見えるだけで、プライベートは全然だよ」

「嘘だぁ」

きゃらきゃらと声を立てて笑われてしまった。冗談だと思われてしまったようだ。

「本当なんだけどなぁ……」

今度は聞こえないくらいの声で呟いた。異性同性問わずにモテることは確かだが、それと慣れているかどうかは別問題だ。告白されようと口説かれようと、その先に進んだ経験が少なければ、小慣れているとは言えないだろう。付き合った相手は少ないし、遊んだ相手は一人もいないのだから。

見た目で損をしていると思うのはこんなときだ。聖也は派手に見られて、遊んでいるとか経験が豊富だとか思われがちで、それを嫌うタイプからは好かれないし、逆にそれを期待する相手からは失望される。付き合ってもいない相手から、「思ったより地味」だと言われて、まるで振られたような形になったこともあったくらいだ。

「足もと気をつけて」

どこか浮ついている彩菜を連れてロビーまでやってくると、設置してあるソファで彼女の母親が待っていた。

「お待たせして申しわけありません」

「いいのよ。知り合いを送って、早く出ただけだから。彩菜、ご機嫌ね」

「楽しかった……！」

「よかったわ。聖也さんにお願いして正解ね」

「いえ、僕というよりも、僕の知り合いが話し上手で……偶然会ったんですけど」

伊勢崎のことは言っておいたほうがいいだろう。長いあいだ一緒にいたので、母親が目にしている可能性は高い。大事な娘に予定外の男がくっついていたとあっては気になるだろうし、聖也には報告の義務がある。

だが母親は心配した様子もなく、ころころと笑った。

「そのようね。あの方のお父さまなら、主人が知っているのよ。伊勢崎さんでしょう？」

「ええ」

「手広くやっていらっしゃる方よ。少し手段は強引らしいけれど」

どうやら彼女は伊勢崎の父親のことをあまりよく思っていないようだ。言い方は柔らかいが、おそらく評判はよくないということなのだろう。

聖也はなにも言わず、視線をエントランスへと向けた。

「いまなら待たずに乗れそうですね」

「あ、そうだわ。そのことなんだけど、お仕事はここまでということでいいかしら。これからお友達の家へ行くことになったから」

「えー、いまから？」

彩菜はちらっと時計を見て戸惑いの声を上げた。

「一時間くらいよ。子犬を飼い始めたんですって。彩菜も見たくない？」

「み……見たいかも……」

「でしょ」

「わかりました。では、お友達がいらっしゃる前に失礼したほうがよさそうですね」

「そうね……申しわけないんだけど、そうしてもらえる？」

気を利かせて申し出ると、あっさりと仕事の終了が告げられた。おそらく聖也のことを親類と説明できない相手なのだろう。

「では、ここで失礼します。今日はありがとうございました」

あまり仰々《ぎょうぎょう》しく頭を下げると「親類の者」として不自然だから、会釈《えしゃく》程度でその場を離れた。ホテルからは出ず、充分に離れてニアミスが起きないだろう場所まで移動し、電話を取り出す。予定変更になったことを宇城に知らせるためだ。

出なければメッセージを入れておこうと思っていたら、あっさりと回線が繋がった。

『どうした？』

聞こえてきた声は少し心配そうな響きだったから、聖也は嬉しくなって自然と頬が緩んだ。

「あ、予定変更になったから、そのこと。なんか急に知り合いと帰ることにしたから、ここでいいってフロントの近くで別れたよ」

『わかった。君はまだホテルにいるのか？』

「うん。ちょい離れてるけど。別の出口から帰るか、三十分くらい時間潰して出ようかなって思ってるとこ」

いまエントランスから出たら鉢《はち》合わせしてしまう可能性が高いし、急いで帰らねばいけない理由もない。ホテル内はあちこちに座る場所があるから、そこでぼんやりとしているのもいいかと思っているところだった。

『地下駐車場の入り口付近で待っててくれ。小さいエレベーターホールだが、ベンチがある。フロント左手奥のエレベーターの、地下三階だ』

「あ……うん。わかった」

電話を切ると、さらに笑みがこぼれた。ついで、と思われたのかもしれないが、宇城が家まで送ってくれるということなのだ。

聖也はすぐに移動した。もちろんフロント付近は通らないように、まずエスカレーターで地下一階に下りることは忘れなかった。

地下三階まで来ると、思っていたよりも人はいなかった。ホールから少し離れた椅子に座り、少し肩から力を抜いた。

パーティーは初めてではなかったが、やはり疲れるものだ。人いきれに酔ったというのもあるし、エスコートをしなければという気負いがあったせいもある。途中で伊勢崎が来たおかげで、さらに気を張ってしまったのも一因だ。

おかげで宇城のことを——新たに聞いたことを思い出す余裕もなかったのだが。

（阪西鉄道の周防一族か……本当にもみ消したんだね……）

宇城が言うところの「事件」は噂《うわさ》にすらならなかったらしいから、周防家の工作は完璧だったのだろう。外聞を気にしたという部分も含めて、大いに納得できた。

そして宇城がパーティーをいやがった理由もわかった。推測だが、ああやって彼を知る者の目に触れたり、噂話の種になることがいやだったのではないだろうか。

（また珍しい名前だからねぇ……）

母親の実家が名家だというのも宇城にとっては面倒なことなのだろう。絶縁状態とはいえ、姓はそのままなのだから。

小さく溜め息をついていたら、すとんと隣に人が座った。

「お疲れ」

「え……？」

目の前に伊勢崎がいた。当たり前のような顔をして隣に座り、にこにこと楽しげな笑みを浮かべている。

「なんで……？　あ、車で来たのか」

「うん。でも今日は泊まり」

「そうなんだ」

都内に住んでいるのに、わざわざ部屋を取ったようだ。酒を飲むことを前提にそうしたのだろうが、ならばタクシーで来ればいいことではないだろうか。

そこでふと気付く。帰るつもりがないのなら、彼がここにいる意味はないはずだ。

「……なんでここに？」

「もちろん聖也さんを見かけたから。聖也さんは車で来てたんだね。これからあの子を送って行くとか？」

「いや、彼女たちは……ああ、お母さんと二人ね。友達と帰るって言って別れたんだよ。僕は知り合いと帰るとこ」

「それって男？」

「まぁ、男の人だけど……」

小首を傾《かし》げて答えると、伊勢崎はくすりと笑った。

「そういう意味じゃなくて、聖也さんの『男』なのって意味」

声をひそめて顔を寄せ、伊勢崎は探るような目をして笑った。店でもパーティー会場でも見せることのなかった、艶《つや》めいた雰囲気を故意に出しているようだ。

これが彩菜ならば、きっと顔を真っ赤にして俯いただろう。だが聖也は苦笑しか漏らせなかった。

宇城でなければ意味はないと思ってしまうからだ。

「違うよ。父親の、知り合い……」

「ふーん、でも何度も見てたよね。三十代後半くらいのインテリふうの、背の高いやつ。わりと、いい男だったね」

「……なんのことー？」

「ごまかさなくてもいいって。あれが片思いの相手だろ？　すぐわかったよ」

聖也は言葉をなくし、伊勢崎から視線を外した。

彼の口から出た特徴は宇城に当てはまる。すぐにわかるほど顔に出ていたのかと思うと、いたたまれない気分になった。

同時に少し困惑した。パーティーの最中、伊勢崎は聖也の視線の先までよく見ていたということだ。しかもこの場に現れている。どこかで見かけたにしろ、最初から追っていたにしろ、ここまでつけてきたのは間違いなさそうだ。

「せつなそうな顔してたよ。抱きしめたくなるくらいにね」

「忘れてくれると嬉しいなぁ……」

「無理。ああいう顔、俺がさせてるなら嬉しいんだけど……うーん、やっぱ違うな。俺だったら幸せで蕩《とろ》けそうな顔をさせてあげられるよ」

聖也は苦笑しか返せなかった。

好きだと言ってくれる人を好きになれたなら、伊勢崎が言うように幸せな気持ちになれるだろうしそういう顔にもなれるだろう。だが心は思うようにはならないものだ。だから聖也は十年も、一人の男に振りまわされている。

「だからさ、これから飲みに行かない？　上のバー、評判いいんだよ」

「悪いけど、今日はもう帰りたいんだよね。ちょっと疲れちゃって」

疲労感は結構なものだった。主に気疲れとはいえ、それが身体にまで影響をもたらしている気がする。それがなくても誘いを受けるつもりはなかったけれども。

「だったら泊まっていく？」

「送って行ってもらえるから大丈夫だよ」

「というか、泊まっていって欲しいんだけどね。本気で聖也さんが欲しいんだ」

「ごめん……」

本気なのはわかっているが、応《こた》えることはできそうもない。宇城だから同性でもかまわないのであり、ほかの男を好きになることはないだろう。いや男だけでなく、宇城以外の人間を好きになる自分が想像できないのだ。

「俺のほうが聖也さんを幸せにできると思うよ」

「もう行くね」

聖也は立ち上がり、その場を離れようとした。いくら言葉を重ねられても聖也の心が動くことはないし、ここまで追ってきた伊勢崎が簡単に引き下がるとは思えなかったからだ。

冷たい対応だという自覚はある。もう二度と伊勢崎が店に来なくなっても仕方ないという覚悟だった。

「待って」

腕をつかまれて、強引に振り向かされた。

伊勢崎は身体ごと押しつけるようにして壁際に聖也を追いつめると、片方の腕は腰にまわし、もう片方は壁についた。まるで閉じ込めているようだった。

「迎えって、あの男なんだろ？　だったら……」

壁から離れた手が聖也の顎を捉えた。はっとしたときには遅く、強引にキスで口を塞《ふさ》がれてしまっていた。しかもいきなり舌が入り込んできた。

ざわっと鳥肌が立った。それは官能のせいでも歓喜のせいでもなく、嫌悪のせいだった。身体がこのキスを拒否しているのだ。

口説かれるのは平気でも、キスは無理だ。気持ちが悪くて仕方ない。

宇城としたときとはまったく違った。

「や……」

首を振ってキスから逃れるが、伊勢崎はさらに追いかけてきた。また唇が吸われそうになったとき、ふいに伊勢崎の顔が離れていった。

「いてっ……」

のけぞるようにして、やや後ろに下がった伊勢崎の向こうに、同じくらい長身の人影がある。

聖也は目を瞠《みは》った。伊勢崎の髪を無造作につかんで後ろに引いた、宇城の姿を見たからだった。

「ふざけた真似はやめてもらおうか」

聞いたことがないほど冷ややかな声に、思わず身震いがした。ひやりとするなんていう表現が生やさしく思えるほどの、凍り付くような冷たさがあった。

「な……っ、いきなりなにするんだっ……！」

いち早く我に返った伊勢崎は宇城の手を振り払い、こちらも見たことのない剣幕でつかみかかろうとしたが、あっけなくその手を捻《ひね》り上げられた。

体格は同じくらいだが、どうやら場数が違うようだ。

宇城はすぐに手を離した。騒がれる前に、と思ったのだろう。伊勢崎もまた、痛そうに腕をさすってはいるが、騒ぐことはしなかった。彼は彼で、この場を人に見られたくはなかったに違いない。なにしろさっきまでパーティーがあったのだ。いつ見知った顔が通りかからないとも限らない。

「なにをする……は、こちらのセリフだ。合意の上じゃないだろう？」

ちらっと視線を向けられた聖也は、慌てて大きく何度も頷いた。実際その通りだし、宇城に誤解されるのはいやだった。

そして伊勢崎も嘘は言わなかった。

「あんた……聖也さんの気持ち、知ってるのか」

「赤の他人に答える義務はないね。さて、帰ろうか。待たせて悪かったね」

「う……うん……」

相変わらず温度は感じさせない声だが、凍り付くというほどでもなかったから、ほっとして大きく頷いた。

「待てよ。あんた、何者？　聖也さんとは、どういう関係？」

そのまま駐車場へ向かおうとしていたら、背中に伊勢崎の声がかかった。不機嫌そうなのは仕方ないことだろう。

無視して行くかと思われた宇城は足を止め、わざわざ振り返った。

「いまのところは、彼の父親の部下……だね」

「変わる予定があるってことか」

「そうだと言ったら手を引いてくれるのかな？」

「まさか。俺は本気なんだ」

「なるほど。では、こちらをどうぞ」

シニカルに笑い、宇城はスマートフォンを取り出してなにかを操作する。そうして画面を伊勢崎に向けた。

さっと顔色が変わるのが見えた。

聖也が画面を覗《のぞ》くことはできなかったが、伊勢崎にとって衝撃的なものを見せられたようだ。言葉もなく、かなり動揺しつつ視線を動かしていた。

「判断は任せるよ。ちなみにデータは複数箇所に保存してあるが、わたしは基本的に他人に興味がないのでね。君のことを思い出さなければ、外へ漏らすことはないと思うよ」

淡々とそう言って、宇城は聖也の背中を手のひらで軽く押した。行こう、という合図だった。

振り返ることはしなかったが、伊勢崎が立ち尽くしていることはわかった。言葉もなければ、視線も寄越していないようだった。

駐車場に出ると、宇城は聖也の腕をつかんで歩調を速めた。そうして自ら助手席のドアを開け、押し込めるようにして聖也をシートに座らせた。

「ちょっ……なに？　自分でやるって」

戸惑う聖也をよそに、宇城はシートベルトまではめていく。カチリという音が、やけに大きく響いて聞こえた。

そうして間もなく車は走り出した。宇城は無言のままで、若干ピリピリとした空気にいたたまれない気持ちになった。

声をかけるのは憚《はばか》られる。だがさっき伊勢崎に見せたものはなんだったかが非常に気になって、意を決して尋ねることにした。

「あのさ……さっき、なに見せたの？」

無視されるかなと思ったが、宇城はあっさりと口を開いた。

「あの男にとって、かなり都合の悪いものだ。具体的なことを言うつもりはないがね」

「なんでそんなこと知ってるの。初対面だよね？」

「調べたからに決まってるだろう。一応、調査に関してもプロだよ」

「いや、うん。だからなんで調べたのって意味。まさか仕事じゃないよね？」

もしそうならば、宇城に限って本人に調査の事実を知らせるような真似をするはずがない。となれば仕事以外で、ということになる。

「以前、君の話を聞いて、個人的に調べていたんだよ」

「ひょっとして、僕のこと心配してくれて？」

「心配というよりも、積極的に排除したかったというほうが正しいかな」

「は……？」

「火をつけた責任は取ってもらうよ。いまさら逃げようなどと思わないことだ」

暗がりのなかでもわかるほど、宇城は薄く笑っている。冷静な口調のなかに、どこかねっとりとした熱っぽいものを感じて、聖也はひどく戸惑った。

言葉の意味をはかりかねていた。

逃げる云々ということは、自分は捕らえられたのだろうか。それはどういった意味でなのか、期待していいのか悪いのか、ぐるぐると考えが頭のなかで渦《うず》を巻いた。これまでの経験で、どうしても疑念を挟《はさ》んでしまうのだ。

「あ……れ……？」

　ふと外を見たとき、変だと気がついた。流れる景色は思っていたものとはまったく違っていたからだ。どう見ても自宅へ向かう道ではなかった。

「ど、どこ行くの……？」

「わたしの家だよ」

「え……」

　会話はそれだけだった。混乱に拍車をかけた聖也はもうなにを聞けばいいのかわからなくなっていたし、宇城は多くを語る気はないようだった。

　やがて車は宇城のマンションに到着した。

　ホテルからは二十分程度の場所にある低層マンションだ。戸数は少なく、すべての部屋タイプが異なるのが売りらしい。宇城の部屋はガレージ付きでメゾネットという物件だった。彼は五年前からここに住んでいるが、もちろん聖也は来たことがなかった。ただ住所を知っているというだけだった。

　ガレージに車を入れた宇城は、聖也を車から引っ張り出すようにして降ろし、そのまま部屋に連れ込んだ。シャッターを閉めてしまえば外からの視線は遮断できるので、腕をつかんで腰を抱くという、人目があったらできないだろうことをした。

　思いがけない密着に、ますます聖也は落ち着かなくなる。さすがにここまで来ると、もしかしてという気持ちが高まってきた。

　初めて入る宇城の部屋は、想像していた通り無機質だった。家具や調度品はモダンでセンスよくまとめられてはいるが、生活感はなかった。モデルルームというよりは、インテリア雑誌の一ページのようだ。

もっとも聖也には、じっくり部屋を見ている心の余裕などなかったが。

初めての訪問は嬉しいはずなのに、無言の宇城が怖くてとても素直に喜べない。玄関ではなくガレージに続くドアからの訪問になってしまったことも些細なことだった。

宇城はリビングを抜け、階段を上がってすぐの寝室に入ると、大きなベッドの前でようやく聖也の腕と腰を離した。

「わっ……」

実際には、ベッドに放り出されたというのが正解だった。聖也は体勢を立て直す前に組み敷かれ、真下から宇城の顔を見つめることになった。

室内の明かりは間接照明の淡いものだけだ。それが作り出す陰影が、宇城をやけに艶っぽく見せていた。

「受け入れるつもりはなかったんだよ」

独り言のような呟きだった。聖也に聞かせているのか、自分自身へ語りかけているのか、いずれにしても聖也は口を挟む気はなかった。

それどころじゃなかったのだ。受け入れる、という言葉を都合よく取りたい自分と、冷静になれと諭《さと》す自分がせめぎ合っていたからだ。

大きな手が頬に触れてきて、ぴくりと身体が震えてしまう。反射的なものだった。

「あの男にキスされているのを見たときにね、身勝手にも思ったんだよ。わたしのものに手を出しやがって……とね」

「え……」

「ずいぶんと前から、当たり前のようにそう思っていたんだろうね。君はわたしのものだ、ってね。その上にあぐらをかいていたんだ」

心はとっくに聖也に囚われていたのに、認めたくなかったという部分もあったようだ。常に向けられてきた熱を帯びた恋情《れんじょう》が、永遠に自分のものであるような錯覚をしていたと。

その慢心が崩されたのは伊勢崎の存在によってだった。

「君が別の男のものになるかもしれないと……その可能性に気付いた途端に、このざまだ。我ながら呆れるよ」

自嘲の笑みを浮かべる宇城に、聖也はかぶりを振ってみせた。理由だとかきっかけだとか、そんなものはどうでもよかった。重要なのは、宇城が受け入れてくれるか否《いな》かなのだ。

嬉しくて肌が震えた。

「結局わたしは十代のときと同じことをしているね」

「違うよ」

思わず声を張っていた。自分でも驚くほど、強い語調だった。

問うような目を向けるだけで宇城はなにも言わない。ただ視線を絡めながら、その手で聖也の頬や耳に触れるだけだ。

触れられた場所が熱を帯びてくる。心臓が早鐘を打ち、口のなかがカラカラに乾いていた。

「全然、違う。だって、僕は宇城さんが好きなんだよ。攫われたって束縛されたって、嬉しいって思っちゃうんだよ？」

「それは実感がないからだよ」

「……確かにないけどさぁ……」

こうして組み敷かれていても、受け入れてもらったとか思いが通じたとかという実感はない。まして束縛されているなんて感じるはずもなかった。

黙りこんでいると、宇城はふっと笑った。

「まぁ、いまさらだけどね。君がどう思おうが、逃がすつもりはないよ」

頬にあった手が滑るように動いて唇に触れた。指の腹で唇をなぞるしぐさは優しいが、それを見つめる目はどこか怖いと思った。

「まったく……わたしを好きだと言っておいて、あんな男にまんまとキスされるなんてね」

「あ、あれはっ……」

無理矢理だと訴えようとして、聖也は口をつぐんだ。

望んだことじゃないことくらい、宇城は承知しているはずだ。力では敵《かな》わなかったことも、聖也に隙があったということも。

「今度あんなことがあったら、誰の目にも触れないように閉じ込めて……抱き殺すよ？」

宇城はにっこりと笑っているし、優しげな声で言ったというのに、ぞくぞくと寒気に似たものが背筋を這い上がってきた。

「ね……ねぇ、宇城さん」

「うん？」

「いまから、するの？」

「いやだと言っても聞かないよ」

「そうじゃなくて。いや、じゃないし……その、いいんだけど……する前に、はっきり言って欲しいことがあって……」

言葉が欲しいと、宇城を見つめた。

宇城の目の熱っぽさだとか、いままでの行動や言葉だとかで、一応わかっているつもりではあるが、やはり言葉として告げてもらいたいという気持ちは強い。このままなし崩しに恋人関係になるようなことはいやだった。

必死な様子が滑稽《こっけい》だったのか、宇城はくすりと、今度は心底楽しげに笑った。

「本当に可愛い子だね。君の気持ちを無視し続けるのは、本当に大変だったよ。よく十年保ったなと思う」

「……僕だって、同じ十年だよ」

何度も傷ついて、苦しくなって、自棄《やけ》を起こしかけたこともある十年だった。時間の長さは同じでも、苦しさは自分のほうが大きかったという妙な自信があった。

「そうだね……こんなことを言うと引かれるかもしれないが、わたしのことで君が一喜一憂する姿を見て、かなり満たされていたよ」

「は……？」

「最低だろう？」

ほの暗い喜びだったと、宇城は薄く笑いながら続けた。

言葉もなかった。最低というよりは、最悪という感想だ。やはりこの男はサディストなんじゃないだろうか。

いまさらだから、引きはしないけれども。

「これからは、君が逃げたくなるほど、わたしの気持ちをぶつけるだろうな。もちろん逃がしはしないけどね」

焦点があわないほど近くまで顔が近付いて、舌先が唇を舐《な》めた。

「愛しているよ、聖也……覚悟しなさい」

「あ……」

ぞくんと全身が粟立《あわだ》つのがわかった。十年望み続けた言葉が肌を甘く撫で、まるで愛撫《あいぶ》のように感じさせられてしまう。

嬉しいなんて、そんな簡単な感情じゃなかった。

「泣きそう……」

「まだ早いよ。あとで、さんざん泣くことになるんだからね」

唇を離れた指先が、顎から首をたどり、するりとアスコットタイをほどく。布が擦れる音が大きく聞こえた。

故意なのかそういう癖なのか、宇城はゆっくりとシャツのボタンを外していった。

自分はどうするべきなんだろうと、聖也は戸惑う。いまから聖也が抱かれることは間違いないが、されるがままでいいのだろうか。宇城の好みは、どんなふうだろう。へたに積極的な行動に出て、呆れられたり引かれたりするのはいやだった。

「えーと……僕も、脱がす？」

「好きにしていいよ」

曖昧な返答に困った末、聖也はおずおずと宇城のネクタイを外し、シャツのボタンも外していった。

男ものシャツを脱がすのは、商売柄《がら》そこそこ慣れている。ただし相手はトルソーなので、生身の人間としては初めてだ。

宇城は協力してくれて、されるままスーツを袖から抜いたりしてくれた。

それでも聖也が宇城の上半身を裸にする頃には、自分はすっかりすべてのものを脱がされて、全裸にさせられていた。

恥ずかしい。まじまじと見られるのは、たまらなく恥ずかしかった。

「思った通りきれいだね」

「そ……そんなこと……」

「やはり君は、どこもかしこも好みだよ。見た目は気位の高い猫のようなのに、笑うと一気に無防備になるのもいいし、柔らかい話し方も、一途で素直なところもたまらない」

一気に熱が上がるのがわかった。全裸を見つめられ、素肌に手を這わせながらこんなことを言われたら当然だろう。

身体の上を滑る手が、胸の突起に触れた。柔らかだったそこを指先がいじるうち、ぷくりと硬く痼《しこ》り、だんだんと感覚もおかしなものに変わっていった。

「あっ……」

「その声も可愛いよ。喘《あえ》がせて、泣かせてみたくなる」

指先できつくつまれて、びくっと身体が跳ね上がった。

初めての感覚だ。こんなところを自分でいじったことはないし、彼女たちも触ってこようとしなかったからだ。

宇城は乳首を指の腹で擦るように愛撫しながら、反対側のそれを口に含んだ。舌先が触れ、絡みつく感触にぞくぞくとした。

「っぁ、ん……」

聞いたことのないような甘ったるい声が出て、恥ずかしさに顔が赤くなった。くすりと笑う声がしたのは気のせいじゃないだろう。

体質なのか、宇城の愛撫がうまいのか、たちまち聖也は胸で感じるようになって、気がつけば身を捩《よじ》りながら甘い声で喘いでいた。

恥ずかしいと思ったことなど、あっという間に忘れ去った。

舌先はすっかり尖った乳首を転がすようにして動いては、ときおり音がするほど強く吸う。そうして指でいじっているほうにも思い出したようにキスをし、歯を立てた。

軽く噛まれることでも感じてしまい、聖也はひどく戸惑った。痛いという感覚の少し手前のそれは、たまらない刺激だった。

執拗《しつよう》だと言っていたのは本当だったらしい。

ほぼ胸だけでずいぶんと長いこと喘がされたあと、身体中にキスをされて、感じるところを何ヵ所も暴《あば》き立てられた。

「思った通り、感じやすい身体だね」

「お……思った、通り……って……」

出した声は掠《かす》れて、どこか濡れたような響きを伴っていた。

「以前軽く触っただけで、反応していたからね」

「あれはくすぐったくて……っ」

「現に感じているだろう？」

「あっ……や……」

太腿から腰を撫で上げられ、小さく腰が跳ね上がった。くすぐったいのとは確実に違う、知ったばかりの快感だった。

自分がこんなことで感じるなんて、少し前まで想像もしていなかった。

腰骨のあたりを押されたりキスされたりするだけで、声が抑えられなくなる。自分が女のように喘いでいることも、いまはどうでもよかった。

そうして息が乱れて、目にうっすらと涙の幕が張ってきた頃、大きく開かされた脚のあいだに、宇城は自らの身体を置いた。

「ああっ……」

いきなり中心をくわえられて、悲鳴じみた声が上がってしまう。自分で触れるのとはまったく違う感覚だった。

溶けそうだと、熱に浮かされたようになりながら聖也は思った。柔らかな頬の粘膜に包まれて、扱《しご》かれて、身体中の力が抜けていくのがわかる。

強烈な快感に、たちまち聖也は追いつめられていった。絡みつく舌に、そして指先に、もともとなかった余裕が跡形もなくなってしまった。

「あ、ぁ……もう、いく……っ、ああ……！」

先端を強く吸われて、全身が大きくわなないた。

背中がシーツから浮いて、足の爪先までがピンと張ってしまう。

あっけなくいかされた聖也のものを、宇城はためらうことなく飲み下し、さらに搾《しぼ》り取るようにして吸い上げた。

「やっ、あ……」

びくびくと内腿が震える。いったばかりで過敏なそこを責められて、聖也は半泣きになりながらシーツに爪を立てた。

意識が飛んでいきそうだった。

名残《なごり》惜しげに宇城が離れていくと、聖也の身体はぐったりとベッドに沈み込んだ。力が戻ってこなかった。

そんな聖也を軽々とひっくり返して俯《うつぶ》せにさせ、宇城は腰だけを突き出させる。恥ずかしい格好にも、いまは逆らう気力がなかった。

正気だったらきっと、懇願していただろう。

宇城は舌を最奥《さいおう》に寄せ、くすぐるようにして先端を動かした。ぴちゃりという湿った音が、ひどく卑猥《ひわい》に響いた。

「んっ、ぁ……あん」

触れているのが舌だと気付くのに、そう時間はかからなかった。他人にそこを見られているだけでも恥ずかしいのに、触られるなんてたまらないことだった。指ならばまだしも、舌だなんて——。死にたくなるほどの羞恥《しゅうち》に身体が勝手に逃げようとすると、尻を叩かれる乾いた音が響いた。

痛みよりもその行為に驚いて、聖也は固まってしまう。

「いい子にしてなさい。でないと、ひどい目にあわせるよ」

「や……っ」

「痛いのはいやだろう？　おとなしくしていれば、気持ちのいいことだけしてあげるよ」

脅しにしては甘いけれども、睦言《むつごと》にしては怖い。そんな囁《ささや》きに、聖也はおとなしく従うしかなかった。この男がしたいことならば、大抵のことは受け入れるつもりだったからだ。ずっと前から聖也はそう決めていたはずだった。

「あんっ、んん……や、ぁ……」

いやだという言葉はかろうじて飲み込んだ。本能的にどうしてもだめなことはあるだろうが、このくらいならば羞恥にさえ耐えればいいことなのだ。

絶え入りたいほどの羞恥というものに、くらくらしているけれども。

ぴちゃりという音を立てて蠢《うごめ》いていた舌は、やがて聖也のなかにゆっくり入り込んできた。深くはないが、身体の内側を舐められているような感覚に、濡れた悲鳴を漏らしてしまう。

涙で前が霞《かす》んで見えなくなった。気持ちがいいから、余計に目元が潤《うる》む。

後ろを舐められて感じるなんて、信じられない。

情けない声を出していると思う。思うが、止められなかった。

舌で犯されたあと、今度は指先が深くまで差し込まれた。さんざん濡らされ、ほぐされた内部をまさぐられ、聖也は喉《のど》の奥で引きつったような悲鳴を上げた。

「あ、やっ……ぁ……」

「本当に初めてなんだね」

宇城の声はどことなく嬉しそうだった。聖也の物慣れなさが気に入ったのだろう。

「あ……当たり前じゃん……っ、なんで……あんた以外の男に、掘られなきゃなんないのっ……」

こんなことはほかの誰にも許せない。宇城だからこそ羞恥にも耐えられるし、男としての矜持《きょうじ》を殺すことだってできるのだ。

「可愛らしいことを言う」

ぐちゅぐちゅといやらしい音をさせて、長い指が聖也のなかで動きまわる。そのたびに聖也は腰を捩り、声を上げて、自らの指先をシーツに沈み込ませた。

気持ちがいいのか悪いのか、自分でもよくわからなくなっていた。

「んっ、ぁ……そこ、いやっ……」

内側からひどく感じる部分を指で突かれ、身体がおもしろいように跳ね上がった。

感じるなんていうのは生やさしいほどで、まるで電流を当てられたような強い快感で気が遠くなりそうだった。

いきそうになるたびに外されて、また責められて追いつめられて。

聖也がみっともないほど喘いで泣いても、宇城は聞き入れようとはしなかった。やりたいようにやる、と言っていた通りだった。

後ろがじくじくと疼《うず》き、もっと深く抉《えぐ》って欲しくてたまらなくなった頃、ようやく聖也は指での愛撫から解放された。

指が引き抜かれると、まるで喪失感にも似たものを感じて、そんな自分に唖然となる。

一度いったはずの身体は、ギリギリのところまで追い立てられていた。

腰をつかまれ、後ろに熱いものを押しつけられた。

そういえば聖也からはなに一つ愛撫をしていなかった。されるまま喘いで乱れて、一人で気持ちよくなっていたのだと自覚してしまった。

宇城のものだったら、口で愛撫できるのに。

「あと……で、僕もするから……」

「そんな余裕はないと思うけどね」

くすりと笑い、意味を問う間もなく腰を進められた。

「あっ、あ……！」

じりじりと入り込んでくるものの圧迫感はひどくて、痛みは覚悟していたほどなかったものの、開かされているという感覚に悲鳴を上げてしまった。

後ろからだから、宇城の顔が見えない。ただ繋がっていく場所の感覚は凄《すさ》まじくて、これ以上はないというほどに彼を感じた。

吐き出される、息とも声ともつかないものは、信じられないほど宇城が深く入り込んだことでいったんは止まった。

「大丈夫かい？」

「う……うん……」

宇城が全部入っている。そう思ったら、幸福感で胸が詰まってうまく声が出なかった。

すぐに動き出すわけでもなく、宇城は聖也の髪を撫でたり肩胛骨《けんこうこつ》のあたりにキスをしたりと、充分に甘い気分も味わわせてくれている。

もっとひどい扱いをされることも覚悟していたのに、いいほうに裏切られた。

ほどなくして、宇城は聖也を穿《うが》ち始めた。始めのうちはゆっくりと、そして徐々に深く激しく突き上げてきた。

最初から感じるなんてありえないと思っていたのに、異物感や痛みだと思っていたものは、焼けるような熱さはそのままに、別の感覚にすり替わりつつあった。

繋がったところから、指先まで走り抜けていくようなそれは、紛れもなく快感だった。

聖也はびくびくと震えながら、よがり声としか思えないものを上げ、自らも腰を振り立てていた。

上半身を支えていた腕から力が抜けて、肩がシーツに落ちる。すると宇城は一度身体を離してから聖也を仰向けにし、今度は向かいあうかたちで身体を繋いできた。

「ああっ……」

違う角度で突かれて、聖也はがくんとのけぞった。

「聖也……」

囁きが大きく聞こえるほど近くで名前を呼ばれて——初めて呼び捨てにされて、じわんと深い部分が熱くなる。

男にも「濡れる」ということがあるのだとしたら、きっとこういう感覚のことなんだろう。好きな男の声は、それだけで愛撫になるのだと知った。

「あん、んっ……宇城、さ……好き……好き……っ」

何度言っても言い足りない。言葉なんかでは伝えきれないのだろうと思いながらも、うわごとのように宇城を呼び、好きだというのを止められなかった。

返事の代わりに、深く唇を重ねられた。

舌が絡み、飲み下せない唾液が頬を伝って落ちていくのも気にならない。聖也は夢中になってキスをした。

唇が離れていくと、容赦《ようしゃ》のない突き上げを食らった。さっき指でひどく感じさせられたところを宇城のもので抉られて、よがり泣くことしかできなかった。

「だめっ、そこ……いやぁ……っ」

「いい、だろう？」

掠れた囁きに誘導されて、聖也は求められるまま「いい」と繰り返した。自らも腰を振り、快楽を追い求める。

すがるように両腕を伸ばして宇城の背中を抱くと、いっそう激しくなかをかきまわされた。繋がったところから互いが溶けだし、混じりあうような錯覚を起こした。

「ああっ、い……いいっ……気持ち、い……」

のけぞって晒《さら》した喉に、噛みつくようなキスをされる。

二度目の絶頂は、それからすぐに訪れた。強く抱きしめられ、深々と突き上げられた瞬間に、全身を激しい快感が駆け抜けていった。

頭のなかが真っ白になり、薄れかけた意識の隅で、息を詰めていく宇城を感じていた。注がれる熱い飛沫《ひまつ》に満たされ、甘ったるい感傷を覚えた。

好きな男と繋がって、男の欲望を身体のなかで受け止める。たまらなく幸せだと思った。

髪を撫でられ、うっすらと目を開ける。

「宇城、さん……」

見下ろしてくる顔は見たことがないほど甘くて優しくて、この男はこんな顔もできたのかという驚きで次の言葉が出てこなくなった。

軽いキスが唇に落ちる。それから長い指で、汗をかいて張り付いた前髪をかきあげられた。

「離せなくなりそうだ」

「……うん、離さないで……」

ぎゅっと首にしがみつくと、自分のなかで宇城の存在感が増すのがわかった。まさかそんなふうになるとは思ってもみなくて、聖也は戸惑いながら落ち着かなく視線を動かした。

頬を撫でられ、耳に舌先を寄せられる。

快感がざわりと肌を撫でていった。

「本当に可愛いね、君は」

囁きはやはり甘かったけれども、ただ甘いだけではすまされないことを——本気で泣きじゃくって許しを請《こ》うはめに陥ることを、このときの聖也はまだわかっていなかった。

二十五歳にして、初めて聖也は実家を出た。

連れ込まれた二日後――翌日は動けなかった――に、聖也も知らないうちに住まいは宇城のマンションへと移されてしまった。

すべては事後承諾《しょうだく》だった。同居を持ちかけられるとか、相談されるとかいった事実はなくて、決定事項として伝えられた。曰く「今日からここが、聖也くんの家だよ」だった。

しかもすでに父親にも報告してあったのだから、呆れていいのか感心していいのかわからない。

父親への報告とやらが気になり、なんて言ったのか尋ねたら、唖然とするような答えが返ってきた。

「互いの利害が一致したため、同居することにした」というのは、まったくもって意味不明だ。父親は些末《さまつ》なことにこだわらない上、宇城のことは信頼しているので、それだけであっさりと納得してしまったという。突っ込んで詳しく聞こうともしなかったらしい。

妻に三行半《みくだりはん》を叩きつけられるわけだ。

「まぁ、それで助かった部分はあるけどね……」

信頼する部下と息子が恋人同士になったなんて、さすがの父親も衝撃を受けるだろう。知らないのは幸いと言える。

だがもしかすると、彼は事実を知ったとしても、さして気にしないいんじゃないか……とも思っている。仕事に差し障《さわ》りがなければいい、とでも言い出す可能性はゼロじゃないだろう。

そんな問題のある父親のために、聖也は実家へ通って昼食の世話をする毎日だ。達祐と湊都に負担をかけてはいけないから、父親の昼食は聖也が作り、夜の分は弁当にして置いてくるのだ。弁当の分の洗いものは、任せてしまっているが。

毎朝、宇城と一緒に実家へ行き、父親の生息エリアの掃除や洗濯をして料理をし、午後になると一人でここへ戻っている。古着店のほうはオーナーに徹していて、現場は店長に任せていた。来年には彼女に店を譲る話になっている。

「ただいま」

夕食の準備が整った頃、宇城が帰ってきた。彼は帰宅して聖也の姿があると、どこか安堵《あんど》したような様子を見せる。

数時間でも聖也が自分の目の届かないところにいるのが不安でたまらないようだ。

「週末、仕事が入ったよ」

「えーマジ？　正社員になって初仕事だぁ」

晴れて正社員になったものの、宇城は聖也の仕事をかなり選んでいて、まだ一度も実務がないのだ。やったのはオフィスでの雑用くらいだった。

「どんなの？」

「買いものに同行するだけだ。湊都くんと二人でね」

「あ、なるほど。運転手か」

「そういうことだ」

まだ運転をさせられない湊都のフォローということだが不満はなかった。買いものは好きだし、女性の服を見るのも結構楽しいと思える質なのだ。

「湊都くんの仕事ぶりもチェックしてくれ」

「了解でーす。たっちゃんだと、甘くなるかもしれないもんねぇ」

湊都が一人でどれくらいできるのか、これまでは基本的に達祐の報告で判断してきたが、そろそろ別の人間で、と思ったのだろう。

そんな意味でなにげなく呟いたら、すっと宇城の纏う空気が変わった。

「あ……」

またやってしまった。

たとえばいまのように、ほかの男を親しげに愛称で呼ぶだけでも宇城の機嫌は下降線をたどる。相手が従弟であっても、子供の頃から呼んでいると知っていてもだめなのだ。一応、弟のようにしか思っていない、ということは言ってあるし、それは宇城も承知しているのだが、頭での理解と感情的な部分での納得は別らしい。

達祐と仲がいいのは事実だが、最近は湊都が気にするだろうと思ってスキンシップも控えていたし、二人だけになることも避けていたのだ。だいたいあれだけ湊都を溺愛しているのに、どこに嫉妬する余地があるのかわからない。

宇城は予想以上に嫉妬深い男だった。話は本人の口からさんざん聞かされたが、やはり聖也は実感できていなかったのだ。付き合うようになって、さまざまな場面でそれを思い知った。

焦りつつも、どこか嬉しいと思ってしまう。嫉妬は凄まじいし独占欲も強いし、束縛すると言ったのも本当だったが、聖也としてはいまのところ許容範囲だ。幸いと言おうか、聖也はそうされることに喜びを見いだす質だったらしい。

宇城の行動にも異常さは見られなかった。やはり相手が恋人であるか、片思いの相手であるかの違いは大きいようだ。ようするに宇城が「自分のもの」だと自信を持っていられればいいのだろう。

それなりにうまくやっていると思う。十年間の片思いのせつなさは、むせかえるほど甘い幸福感に変わっていた。

「ところで……」

「ん？」

もの思いにふけっていた聖也は、宇城の声に我に返り、首を傾げて言葉の続きを待った。

「今日、こっそりと店に出た……というのは本当かな？」

「え」

途端にピキッと凍り付いてしまった。首を傾げた格好のまま、笑顔も引きつって、背中には寒気が走った。

そう、今日の午後、聖也は宇城に黙って店に顔を出し、ついでとばかりに久々の接客をした。そのつもりはなかったのだが、店長に話があったのと、急に客が多くなったのが理由だった。

つい数時間前のことなのに、どうしてバレたのか。

いまの聖也は、だらだらと冷や汗が流れそうな精神状態だった。

「な……なんで……」

「しかも、セクハラをされたそうで」

「い、いやっ……そんな大層なものじゃないし！」

確かに男性の客に顔を褒められた挙げ句《あくく》、尻を触られたのは事実だ。だが一体どうしてそれを知っているのか、情報源がわからなくて空恐ろしくなってきた。

言い訳をしなくちゃと思うが、なかなか言葉は出てこなかった。

宇城は聖也を見つめたまま、その手をすっと差し出してきた。

「おいで」

素直に従うのは怖いが、従わないのはもっと怖かったから、びくびくしながらもおとなしく手を取った。

手を引かれて、そのまま腰を抱き込まれる。

頭のなかは警鐘でうるさいくらいだった。

「言いつけを守れない悪い子には、お仕置きが必要だね」

「あ、あの……っ、さ……先にご飯とか……っ」

食事のあいだになんとか宇城を宥《なだ》められないものだろうか。そんなことを考えながら提言したが、きれいに無視されてしまった。

寝室行きかと覚悟した聖也を、宇城はその場で押し倒した。その場といっても、背後のソファだ。準備した夕食を今日中に食べるのは無理だろう。よくて明日のブランチ、へたをすれば夕食になってしまうかもしれない。

悠長につらつらと考えていた聖也が、宇城の「お仕置き」に本気で泣くことになるのは、それから間もなくのことだった。

健気なオブジェ

「っていうわけで、宇城《うじょう》さんとこで暮らすことになったから―」

達祐《たつひろ》と湊都《みなと》の前でそう報告したのは、いまから数ヵ月前のことだった。

やはり二人には事情も含めて言っておく必要があると思い、わざわざ終業後に宇城にも残ってもらった。そして彼と恋人になったこと、同棲すること、を話したのだった。

「そうか、よかったな」

「ありがと」

どうやら聖也《せいや》の片思いに気付いていたらしい達祐は、納得した様子で軽く頷《うなず》いていた。一方の湊都は大きな目を丸くしたまま、聖也と宇城を見つめている。

そこにあるのは驚愕《きょうがく》がほとんどで、あとは戸惑《とまど》いくらいだ。嫌悪などの否定的な感情がないのは当然だろう。

「……全然気がつかなかった……」

湊都にしてみれば唐突《とうとつ》に二人がくっついた、という印象らしい。宇城はともかく、自分はわかりやすいだろうと思っていた聖也には、それこそが意外だった。

「えー、わかんなかった？　僕、結構宇城さんに対してラブ光線みたいなの出しまくってたと思うんだけどー」

「そうだな」

達祐は同意したが、湊都はかぶりを振っていた。

「ヤバい、俺って鈍感かもしれない……」

「二人が一緒にいるところをあんまり見てなかっただろ？　仕方ねぇよ」

「そういえばそうだよねぇ」

ときどき聖也がもの思いにふけっていたことには気付いても、まさかそれが宇城を想ってのことだとは思うまい。とにかく湊都にとってはいきなりのことだったのだ。

まじまじと見つめたあと、湊都はほうっと息をついた。

「でも、すごくお似合いだよね。大人のカップル、って感じ」

「はは……」

乾いた笑いしか漏れなかった。聖也は自分を「大人」だと思っていないし、宇城との関係が、決して落ち着いてしっとりとしたものじゃないのも実感しているからだ。そもそも「大人のカップル」の定義がわからないのだが。

「正直、聖也の片思いで終わると思ってた」

「僕もだよ」

「宇城さんがほだされるとはね……」

達祐はそういう認識らしい。確かに聖也は押し続けていたし、宇城は涼しい顔でそれをかわしていたから、仕方ないことだろう。

訂正しようかどうしようかと考えていると、宇城が口を開いた。

「ほだされたというよりも、わたしが抑《おさ》えきれなくなった……というほうが正しいな」

「そうなのか？」

「ずっと欲しいと思っていたんだがね……まぁ、勢いは大事ということだ」

多くは語るつもりもないようで、宇城は意味ありげな笑みで言葉を終わらせた。空気の読める達祐はなにも言わなかったし、湊都はそもそも口を挟《はさ》む気がないようだった。

「それはそうと、同棲に至るまでが早かったな。いつくっついたんだ？」

「あー、それはまぁ……」

「おとといの夜だね。パーティーの帰りに拉致《らち》して、そのまま」

「拉致っ？　え、えっ？」

目を瞠《みは》って動揺したあと、湊都は気遣《きづか》わしげな目を聖也に向けてきた。言葉の威力は湊都にとって大きかったようだ。

「いや、そんな大げさなことじゃないから大丈夫だよー。確かに強引にマンションに連れてかれちゃったし、同棲も事後承諾《しょうだく》だったけど」

「事後承諾だったのか」

「僕より先に、父親に言っちゃうんだもん」

「君がなかなか起きてこないからだよ」

「起きられなくしたのは誰だよっ」

「事前に忠告しておいただろう？　それでもいいと言ったのは誰かな。それに、本気でいやがってはいなかったと思うけどね」

聖也はうっと言葉に詰まった。確かに「いや」だの「だめ」だのは言っていたが、それは拒絶の言葉ではなかったはずだ。苦しいほどに気持ちよかったのは確かだし、このまま死んでもいい……なんて少しだけ思ったのも確かだった。

思い出したら、またじくじくとあらぬところが熱を持ち始めた。達祐と湊都の前なのに、いたたまれない気分になる。

（ヤバい、顔に出るっ）

色が白いこともあって、聖也は肌に赤みが差しやすいのだ。いまもほんのりと赤くなっているだろうことが自覚できて、思わず俯《うつむ》いてしまった。

「見ないでもらえるかな」

冷たいと言っていいほどの声がオフィスに響き渡る。

びくっとしたのは湊都で、そんな彼を達祐が溜め息混じりに抱き寄せた。そうしてやや呆《あき》れた声で言った。

「俺たちを威嚇《いかく》することないだろうが」

自分たちは恋人同士――しかも自他共に認める相当な熱愛カップルなのだから、心配する必要はないと達祐の目が言っている。

だが宇城は平然と言い放った。

「誰だろうと……実の親だろうと同じだよ。わたし以外の人間に、聖也の可愛い姿を見られたくはないな。まぁ、なにをしていても可愛いから困るんだが……」

「え……」

それはさすがに聖也ですら絶句した。この男はこんな恥ずかしいことを、臆面《おくめん》もなく言う男だったのかと、愕然《がくぜん》としてしまった。

じわじわと恥ずかしさが込み上げてくる。照れているわけではなく、本当に恥ずかしかった。

かすかに聞こえてきた達祐の嘆息《たんそく》と、固まったままの湊都の姿に、聖也は走って逃げたい衝動と戦うことになった。


そんな報告から数ヵ月がたち、まもなく桜の開花が始まろうという頃――。

コンシェルジュ・エージェンシーでは、定期的に仕事についての話しあいが行われていた。ようは会議だ。以前は宇城がほぼ独断で決めていた方針や人員の割り振りを、聖也たちと意見を交えながら決める形になったのだ。

「今日入ったばかりなんだが、園遊会《えんゆうかい》の手伝いをして欲しいそうだ」

オフィスにいるのは正社員——聖也と達祐と湊都の三人と宇城のみだ。ほかにもスタッフはいるが、登録なので呼ばれることはない。

「えんゆうかい……」

たどたどしく復唱した湊都に、隣の達祐が静かに悶絶《もんぜつ》しているのが笑えて仕方ない聖也だった。じっとしているし、あからさまに表情は変わっていないが、口元を押さえて下を向いているのは、湊都の可愛さが彼のツボを直撃したからだろう。

確かに可愛い。二十一歳の男にその言葉はどうかと思うが、実際可愛いのだから仕方ないだろう。さて自分の恋人はどんな反応かとちらりと横を見ると、宇城は特にいつもと変わりなく、大きく頷いていた。

「そう、園遊会」

「って、なんですか?」

湊都は首を傾《かし》げ、救いを求めるようにして達祐を見たあと、宇城に視線を戻した。あからさまに漢字が浮かんでいないとわかる顔をしていた。

「園遊会。こういう字を書く」

さらさらと走り書きした文字は、どこに出しても恥ずかしくないきれいなものだった。整っていて、そのくせどこか力強い。女性の字のようだとよく言われる聖也は羨《うらや》ましい限りだ。

(なんか習おうかな。ペン習字みたいなの……)

話の流れとはまったく違うことを考えているうちに、園遊会の簡単な説明が終わった。ようするにガーデンパーティーで、主催はもちろん会員の一人だ。決して皇室関係の催しではない。

「具体的になにするんですか？　セッティングですか？」

「それはプロの業者がやるよ。当日のスタッフも、専門のところから派遣されてくる。我々に望まれているのは、客に混じっていろいろな話を聞き込んでくることだ」

「噂話《うわさばなし》拾ってこいってこと？」

「そういうことになるね」

あまり気乗りしない仕事なのだろう。宇城はどこか鼻白《はなじろ》んだ様子だった。仕事に好き嫌いは挟まない男だが、つまらないとかおもしろいといった感想を抱くことは当然あるわけで、今回は前者だったわけだ。

「取捨《しゅしゃ》選択は先方に任せる。こちらはただ拾ってくればいい」

「それってボイレコあり？」

「もちろん」

「おっけー了解。基本的にはパーティー会場をうろうろしてればいいんだね」

「そうなると、固まってるのはなしだな」

「当然一人ずつばらけてもらうよ。登録してる連中も総動員だ。なにが目的なのかは、こちらの知るところではないがね」

詮索《せんさく》はしない、というのが基本的な姿勢だ。もちろん犯罪のにおいがしようものならば、最初から受けはしないだろう。

日にちと時間、ドレスコードや当日の行動についてなどが話しあわれ、それぞれの立場――招待客としての設定などが作られていく。大きな嘘はあとでバレたときに面倒なので、名前や素性《すじょう》はそのままに、主催者との関わりのみねつ造されるのだ。

それが終わると、別の仕事の話になった。

「十日ほど海外へ行くので、そのあいだに鯉《こい》の餌《えさ》やりをしてくれということだ」

「え、鯉？　魚の？」

いち早く反応したのは湊都だった。彼はよく犬の散歩だの、留守宅のペットの世話をやらされているので、これは自分の役目だと察したようだ。

「そう、事前に餌と、庭に入るためのキーだけ預かる形だね。これは湊都くんに頼もうと思うんだが」

「あ、はい。わかりました」

頷いた湊都は、小さな声で「楽しそう」と呟《つぶや》いた。気持ちはわからないでもなかった。

「成田《なりた》への迎えも頼まれているから、それは達祐くんに行ってもらおう」

「わかった」

「それと……これは二週間前に入って、実はすでに動いているんだが、依頼主の奥方がホストに入れ込んで困っているそうだ」

「はぁ？」

聖也は思わず裏返った声を出してしまった。浮気調査ならばたまに入るので珍しくもないが、これは初めてではないだろうか。もちろん聖也は少し前まで登録スタッフにすぎなかったから、すべてを把握しているわけではないが。

「週に二、三度ホストクラブに通って、一回平均で百万ほど使っていてね。それをやめさせたいのでなんとかならないか、ということだ」

「ひゃ……百万！」

「そんなの自分で奥さん諭《さと》せばいいのにー」

わざわざ依頼するなんて、どれだけ立場が弱い夫なのだろうか。それともこういったことは夫婦間にしかわからないものがあって、他人がとやかく言える問題ではないのだろうか。

聖也はふと考えてみる。結婚しているわけではないが、自分と宇城に当てはめてみたのだ。

（立場的に僕がキャバクラかなにかに通い詰めて……いや、ナイナイ。っていうか無理だ、それ）

きっと一度でバレて監禁コースだ。とても通い詰めるまでになるはずがない。無駄な想像をしてしまったと、聖也は意識を話しあいに戻した。

余計なことを考えているあいだに、補足説明がなされていた。曰《いわ》く、浮気や金の心配をしているわけではなく、みっともないからやめさせたい、ということのようだった。

「奥さんは夢見がちなタイプで、ちやほやされて舞い上がっているようだね。ホストの『あなたは特別』という言葉や扱いを信じているらしい」

「それって誰にでも言うもんでしょ。特に大金落としてくれるカモにはさー」

「そのあたりを理解していないんだろうね。深窓《しんそう》のご令嬢で、世間知らずだそうだ。さすがにもう、ちやほやしてくれる相手もいないようだし」

「それは夫の責任って気もするけど。どうせ仕事仕事で家庭を顧《かえり》みないタイプなんでしょ？」

「やけに手厳しいね」

「家庭を顧みない仕事人間には辟易《へきえき》してんの！」

ちらっと閉ざされたドア——当然ドアの向こうには父親がいる——を見ると、妙に納得した顔をされて、聖也は苦笑する。宇城だけでなく、達祐も湊都も納得顔だった。妻に逃げられたことも大概だが、現在の生活パターンも問題がありすぎるからだ。

「それで、具体的になにをするの？」

「目を覚まさせるにはどうしたらいいか……を考えてみたんだが、やはり現実を知るのが一番じゃないかと」

「でも言ったって聞かないよねぇ？」

人が現実を説いたくらいで目が覚めるようなら、依頼者だってわざわざ赤の他人にこんなことを頼んではこないだろう。実際に言ってみたかどうかは不明だが。

「だから見せつけるんだよ」

「どういうこと？」

「ホストが奥方以外の者に、同じことを言っているのを聞かせる……もしくは現場を見せる、というのはどうかな」

「おもしろそう」

そういった仕掛けをすることは滅多《めった》にないし、その少ない機会に聖也は投入されたことがなかったのだ。最近その手の依頼があったときは、湊都がメインとなって遂行《すいこう》していて、聖也はひそかに羨ましく思っていたのだった。

「すでに客として須藤《すどう》さんを送り込んである。何度か通ってもらって、問題のホストを指名してもらってね」

「須藤さんかぁ……ま、適任だよね」

登録スタッフのなかでも彼女は異色で、普段はファッションビルの片隅の小さなスペースで占い師として活動している。大学では心理学を専攻していて、そのときの勉強が占い師として大いに役立っているらしい。

そんな彼女は人間観察が趣味で、その眼力はすごいの一言に尽きる。もはや特殊能力と言っていいほどで、対象のしぐさや表情、ちょっとした言葉などから、気持ちが悪いほど性格や行動パターンを言い当てるのだ。

「ってことは、もうホストの攻略法はできてるんだよね？」

「もちろん。まずはホストに接触して、知り合ってもらいたいんだが……」

宇城の視線が湊都に向けられると、ぴくりと達祐の眉が上がった。そして宇城が続きを口にするより早く、身を乗り出してきっぱりと言う。

「湊都はだめだ。ホストに近付くなら聖也だろうが」

「許可できない」

「なぜ」

「わたしの精神安定上、大変よろしくないのでね」

「思いっきり私情じゃねぇか！」

ドン、とセンターテーブルを叩く音が響く。達祐は叩きつけた手もそのままに、宇城をきつく睨《にら》み付けていた。

隣で湊都はおろおろし、聖也は小さく溜め息をつく。

ここで軽々しく「僕がやるよ」なんて言うほど聖也は浅はかではない。そんなことを言おうものなら、間違いなくベッドでのお仕置きが待っているし、最悪ことが片付くまで外へ出してもらえない可能性がある。

だから聖也は貝のように押し黙るしかなかったのだが、まともな恋人を持っている湊都は、おずおずとその恋人の袖を引っ張った。

「平気だよ？　知り合いになるくらいでいいんですよね？」

「できればホストクラブにアルバイターとして……」

「ふざけんな！」

宇城に最後まで言わせることなく達祐は怒鳴った。彼がこんなふうに声を荒くするのは珍しいことだ。見た目や普段の口調とは裏腹に、かなり穏《おだ》やかなタイプだからだ。一見物静かなのに中身が穏やかじゃない宇城とは正反対だ。

そしてにっこりと笑って宇城は言い放つのだ。

「では君が行けばいい」

「は……？」

「湊都くんがだめなら、君がどうぞ。正直ホストというよりは、ホストクラブの用心棒というイメージだが、まぁいいだろう。まさかわたしに行けとは言わないだろうし」

年齢もさることながら、雰囲気的に無理があるのは達祐にもわかっているらしく、ぐっと言葉に詰まってから小さな舌打ちをした。

いまのは不本意だが了承するという意味だ。気の毒に……と、聖也は心のなかで達祐に向かって手をあわせた。

「なんか、久しぶりに探偵みたいな仕事ですね」

この手の仕事は意外に少ないのだが、湊都の場合は入ってすぐやらされた仕事が潜入を含むものだったので、どうにもそちらのイメージが強くなってしまったらしい。

会議はそれから十分ほどで終了した。これからすぐに、達祐は件《くだん》のホストクラブに電話をかけなくてはならないのだ。達祐の顔で断られることはまずないだろうが、問題は滲《にじ》み出る硬派な雰囲気だ。あれをもう少し崩して、野性味あふれるタイプのホスト……でいければいいのだが。

達祐は宇城から募集要項が記載されているホームページを見せられている。湊都は所在《しょざい》なげに、隣に座っていた。

「なんか、ごめんね」

「え、なんで聖也さんが……」

「いや、客観的に考えると僕が適任なんだろうなって思うからさ。正直、湊都くんには無理だと思うんだよねー」

「あー……いや、まぁ……無理な気もするけど……聖也さんも、別の意味で無理だし」

湊都がちらっと宇城を見やると、まるで視線に反応するように宇城が湊都を見た。途端に竦《すく》み上がるのが気の毒だった。

最初は平気そうだったというのに、湊都はだんだんと宇城に対して怯《おび》えるようになった。時期としては、聖也が宇城と恋人になったことを打ち明けた頃からだ。

恋愛成就《じょうじゅ》と同棲の報告をした何日かあと、昼食作りのために実家に戻った聖也は、身体が空いていた湊都と並んでキッチンに立ち、いろいろと話をしたのだ。

自然と話題は、互いの恋人の話になった。どちらも同性の恋人を持ち、立場的には抱かれる側なので、わかりあえる部分が多かったのだ。

達祐もなかなかに独占欲が強いようだが、やはりそこは人間ができていると言おうか、表現方法が穏やかだった。間違っても恋人を閉じ込めたり、お仕置きと称して人に言えないことをあれこれしたりはしないようだ。

その時点で聖也と宇城は恋人同士になって一週間もたっていなかった。なのに聖也はすでに二度も翌日起きられない身体にさせられていた。決して聖也の身体がヤワだということではなく、宇城が執《しつ》拗《よう》に聖也をいかせるせいだった。

とにかく聖也としては、宇城が嫉妬《しっと》深いので刺激したくない、と言い、今後は言動に注意しなくてはならないとぼやきたかったのだが、実例を挙《あ》げたのがいけなかったのか、すっかり湊都は宇城を怖がるようになってしまった。自分にその行動が向けられることはないと知っていても、サディストという認識を持ったらしく、部下として日々怯えている。

悪いことをした。プライベートとビジネスでは姿勢も態度も違うから大丈夫だとは思うのだが、湊都に言っても意識が変わることはなさそうだ。

(公私混同してるしなぁ……)

やれやれと小さく溜め息をついていると、宇城と達祐が話を終えた。達祐は電話をするために席を立ち、階段の踊り場へ出て行った。

残された湊都は、目に見えて小さくなった。宇城がまじまじと湊都を見ているからだった。聖也のことは見るなと言っておきながら、人の恋人を凝視《ぎょうし》するとはなにごとだ。かわいそうだからやめてやれと言おうとしたとき、ふいに宇城が口を開いた。

「取って食いやしないから、そう怯えることはないよ」

「は、はいっ……」

「幸い、君はわたしの好みからは外れるからね」

「あり……ありがとうございます……」

なにを言っちゃっているんだろうこの子、と思いながら、聖也は湊都を見つめた。頭のなかは想像以上にパニック状態らしく、明らかに返答がおかしい。

「もうやめたげてー」

「なにもしていないだろう？」

「蛇《へび》に睨まれた蛙《かえる》……っていうかヒヨコがかわいそうだよ。湊都くんもわりとMっぽいとは思うけど、宇城さんに恋愛感情ないんだから受け止められないでしょ」

「暗《あん》に自分がMだと言っているのかな？」

「少なくともSじゃないよねぇ……あんたにひどいことされても、なんだかんだで喜んじゃってる時点でMじゃないのー？　痛いのはいやだけどさ」

被虐《ひぎゃく》に喜びを感じる質《たち》ではないはずだが、宇城にひどく責められるのは嫌いじゃないのだ。そのときはつらいし、逃げたいとも思うのだが、二度とごめんだ……と思ったことはなかった。それは宇城が痛みを伴うことや、言葉で貶《おとし》めるようなことをしない、という前提があるからなのだが。

「あんたって、意外とノーマル嗜好《しこう》だもんね」

「意外とは失礼だね」

「だって意外だったもん。せいぜい目隠しとか縛るくらいしかしないじゃん」

「おや、物足りないという話かい？」

「違うって！　あれ以上やめてよ、本気で仕事になんないからっ」

ついニ人だけでいるときのように話していたら、湊都が凍り付いたように固まっていた。逃げたい、と顔に書いてあった。

「あ、ごめん。もしかして、湊都くんたちはそういうことしないの？　軽く縛ったりとか、オモチャ使ったりとか。うちもオモチャは使わないけどさ」

問いかけると、湊都はオイル切れのロボットのように、ぎくしゃくしながらかぶりを振った。とんでもない、という副音声が聞こえるようだった。

「ふーん。まぁ、らしいって言えばらしいかなぁ。湊都くんは、それで満足なんでしょ？　それとも不満とか……」

「ないですっ。達祐さん、結構しつこいし激しいしっ」

ガチャッとドアが開いたのと湊都が叫んだのは同時だった。いきなり恋人のそんな叫びを聞くはめになった達祐は、ドアノブをつかんだままぴたりと停止した。

はっと気付き、湊都はあわあわと慌《あわ》てふためいた。

「これはフォローすべき……？」

「いらない世話だね」

「まぁ、そうかもね」

うろたえているのは湊都だけで、達祐は衝撃から立ち直ってすぐに深い溜め息をついただけだった。こんな些細《ささい》なことで怒る男ではないし、どこかの誰かのように、お仕置きの口実に使って湊都を泣かせることもないだろう。

「たっくんって、優しいもんねぇ」

思わず呟いてから、聖也ははっと息を呑んだ。

ついまたほかの男を褒《ほ》めてしまった。しかも愛称で呼んで、隣に恋人がいる状態で——。

いまのはマズかった。無意識の言葉というのは言い訳にならないのだ。むしろ無意識に言ったことに気付かれるほうが怖い。

隣から冷気が伝わってくる。だが顔は向けない。どうせ背筋が寒くなるような微笑《ほほえ》みを浮かべているに違いないのだ。

その証拠に、さっきまで達祐のことで慌てていた湊都が、硬直して顔色をなくしていた。なにかの拍子にこちらの様子に気付いてしまったらしい。

「あー……面接の日時が決まった。明日の午後六時だ」

「わかった」

「今日はもう解散ってことでいいか？」

「どうぞ。お疲れ」

「お先。ほら、行くぞ」

「う……うんっ」

達祐が腕をつかむと、湊都は我に返ったのかぎこちないながらも頷いた。そして引き上げられるようにして立ち、聖也たちに向かってぺこりと頭を下げた。視線が交わらなかったのは仕方ないことかもしれない。

退室していく二人を見送ってしまうと、宇城は聖也の腰に手をまわしてきた。

「確かに、達祐くんと違ってわたしは優しくないからね」

「え……あー、まぁそうだけど……それはそれで、いいと思う……よ？　宇城さんなりの優しさは、あるわけだし」

「Mだそうだしね」

「ひどいことされたいって意味じゃないからねっ？」

「気持ちのいいこと、しかしていないつもりなんだが……」

「それも間違ってないけどもっ」

ぐいぐい迫ってくる宇城にたじろぎながらも、抵抗しようという気持ちにはならなかった。たとえドアの向こうに父親がいるとしてもだ。

どうせドアは音を通さないし、父親が自分からあのドアを開けることはまずない。あのドアが開くのは週に一度がせいぜいで、それも必ず予告が入るのだ。「今日は上で寝る」と、食事を運んだときに言うのだ。

だから問題はなかった。ここがオフィスだということもブレーキにはならない。

「たまにはいいね」

「スリルが？」

「そう。背徳感がある」

「なんとなく同意するけど……一回だけね」

さすがに何回もするのは憚《はばか》られる場所だ。したあとで帰ることを考えると、軽くすませたいと思ってしまう。

（とりあえず、ごまかせた……？）

雰囲気はすっかり色っぽいものになっているし、宇城も先ほどのひやりとした空気は発していない。うっかり漏らした言葉については、うやむやのうちに流されたようだ。

そう思った矢先、宇城は耳元で囁いた。

「わたしなりの優しさで、ここでは一回だ」

「え……」

「ただ、わたしは達祐くんのような優しさは持ち合わせていないからね、続きは家に帰ってからじっくりするよ」

ぞくんと背筋が震えたのは、恐怖からか期待からか。

どちらの感情も否定する気はなく、聖也は宇城の首の後ろに手をかけて、彼を引き寄せるようにしてくちづけをした。

あとがき

一冊で二カップルというのは、おそらくわたしは初めてではないかなーと思うんですが……違ったかな？

前半は押される受で、後半は押す受です。でも行き着いた先はそう変わらない(笑)。

ところでこの話、なぜか登場人物の名字の「崎」率が異様に高いです。書いてるときは気がつかなかったんですが、先日校正をやっていて気がつきました。そのときそのときで、周囲を見まわして目に入った名字（や地名）で決めていたらこんなことになってしまいました。意外と気がつかないものですな……。言わなきゃ誰にも気付かれないだろうと思ってそのままにしましたが、ここで書いたら台無しです。

でもイラストがとても素敵なので、きっと皆さん名字のことなんて些末に過ぎない……と思ってくださるはず！

陵《みささぎ》クミコ先生、とてもとても美しいイラストをありがとうございました。達祐《たつひろ》が格好良くてたまらんです。湊都《みなと》もカワイイ！　後半カップルの聖也《せいや》はきれいだし、宇城《うじょう》も男前！

いやもう本当にありがとうございました。

さて、数年に一度、唐突に不要品を処分したくなるんですが、現在その波が来てまして、日々「あれがなくなれば収納スペースが空く」「これがなくなればすっきりする」などと考えてます。海外旅行用のスーツケース（無駄にデカイ）とか、すでに使えないガスファンヒーター（数年前に家をリフォームしてガス栓を撤去してしまったため使えない。本体は問題なし）とか、壊れちゃったポータブルＤＶＤプレイヤーとか。いつまでも取っておくなよわたし……。

仕事が落ち着いたら処分しまくりたいと思います。やはりトランクルームを借りたのがいけなかったんでしょうか。なんでもかんでもそこに入れているうちに、すでになにを入れたか把握できなくなってしまったし。

なにが入ってるかわからない箱は開けずに捨てるのが処分の鉄則と聞いたような聞かなかったような。スーツケースのなかには衣類を詰めてあるはずなんですけど、何年も開けていないので、あの中身も必要ないものなんだろうな……。

とりあえずいまの仕事が終わったら着手します。

それでは、ここまで読んでくださってありがとうございました。

きたざわ尋子《じんこ》

初出

臆病なジュエル	２０１３年 リンクス9月号掲載
我儘なクラウン	書き下ろし
健気なオブジェ	書き下ろし

LYNX ROMANCE

追憶《ついおく》の雨《あめ》

きたざわ尋子

illust: 高宮東

本体価格
855円+税

美しい容姿のレインは、長い寿命と不老の身体を持つバル・ナシュとして覚醒してから、同族の集まる島で静かに暮らしていた。そんなある日、レインのもとに新しく同族となる人物・エルナンの情報が届く。彼は、かつてレインが大切にしていた少年だった。逞しく成長したエルナンは離れていた分の想いをぶつけるようにレインを求めてきたが、レインは快楽に溺れる自分の性質を恐れ、その想いを受け入れられずにいて…。

LYNX ROMANCE

秘《ひ》匿《とく》の花《はな》

きたざわ尋子

illust: 高宮東

本体価格
855円+税

死期が近いと感じていた英里の元に、ある日、優美な外国人男性が現れ、君を迎えに来たと言う。カイルと名乗るその男は、英里に今の身体が寿命を迎えた後、姿形はそのままに、老化も病気もない別の生命体になるのだと告げた。その後、無事に変化を遂げた英里は自分をずっと見守ってきたというカイルから求愛される。戸惑う英里に、彼は何年でも待つと口説く。さらに英里は同族から次々とアプローチされてしまい…。

LYNX ROMANCE

恋《こい》もよう、愛《あい》もよう。

きたざわ尋子

illust: 角田緑

本体価格
855円+税

カフェで働く紗也は、同僚の洸太郎から兄の逸樹が新たに立ち上げるカフェの店長をしてくれないかと持ちかけられる。逸樹は憧れの人気絵本作家であり、その彼がオーナーでギャラリーも兼ねているカフェだと聞き、紗也は二つ返事で引き受けた。しかし実際に会った逸樹は、数多くのセフレを持ち、自堕落な性生活を送る残念なイケメンだった。その上逸樹は紗也にもセクハラまがいの行為をしてくるが、何故か逸樹に惚れてしまい…。

LYNX ROMANCE

いとしさの結晶《けっしょう》

きたざわ尋子

illust: 青井秋

本体価格
855円+税

かつて事故に遭い、記憶を失ってしまった着物デザイナーの志信は、契約先の担当である保科と恋に落ち恋人となる。しかし記憶を失う前はミヤという男のことが好きだったのを思い出した志信は別れようとするが保科は認めず、未だに恋人同士のような関係を続けていた。今では俳優として有名になったミヤを見る度、不機嫌になる保科に呆れ、自分がもう会うこともないと思っていた志信。だが、ある日個展に出席することになり…。

LYNX ROMANCE

掠《りゃく》奪《だつ》のメソッド

きたざわ尋子　illust. 高峰顕

本体価格
855円+税

過去のトラウマから、既婚者とは恋愛はしないと決めていた水鳥。しかし紆余曲折を経て、既婚者だった会社社長・柘植と付き合うことに。偽装結婚だった妻と別れた柘植の元で秘書として働きながら、充実した生活を送っていた水鳥だったが、ある日「柘植と別れろ」という脅迫状が届く。水鳥は柘植に相談するが、愛されることによって無自覚に滲み出すフェロモンにあてられた男達の中から、誰が犯人なのか絞りきれず…。

LYNX ROMANCE

掠《りゃく》奪《だつ》のルール

きたざわ尋子　illust. 高峰顕

本体価格
855円+税

既婚者とは恋愛はしない主義の水鳥は、浮気性の元恋人に犯されそうになり、家を飛び出し、バーで良く会う友人に助けを求める。友人に、とある店に連れていかれた水鳥は、そこで取引先の社長・柘植と会う。謎めいた雰囲気を持つ柘植の世話になることになった水鳥だったが、柘植からアプローチされるうち、徐々に彼に惹かれていく。しかし水鳥は既婚者である柘植とは付き合えないと思い…。

LYNX ROMANCE

純《じゅん》愛《あい》のルール

きたざわ尋子　illust. 高峰顕

本体価格
855円+税

仕事に対する意欲をなくしてしまった、人気小説家の嘉津村は、カフェの隣の席で眠っていた大学生の青年に一目惚れしたのをきっかけに、久しぶりに作品の閃きを得る。後日、嘉津村は仕事相手の柘植が個人的に経営し、選ばれた人物だけが入店できる店で、偶然にもその青年・志緒と再会した。喜びも束の間、志緒は柘植に囲われているという噂を聞かされる。それでも、嘉津村は頻繁に店に通い、彼に告白するが…。

LYNX ROMANCE

指《ゆび》先《さき》は夜《よる》を奏《かな》でる

きたざわ尋子　illust. みろくことこ

本体価格
855円+税

音大でピアノを専攻している甘い顔立ちの鷹宮奏流は、父親の再婚によって義兄となった、茅野真継に二十歳の誕生日を祝われた。バーでピアノの生演奏や初めてのお酒を堪能し、心地よい酔いに身を任せ帰宅するが、泥酔、真継に告白されてしまう。奏流が二十歳になるまでずっと我慢していたという真継に、日々口説かれることになり困惑する奏流。そんな中、真継に内緒で始めたバーでピアノを弾くアルバイトがばれてしまい…。

この本を読んでの
ご意見・ご感想を
お寄せ下さい。

〒151-0051
東京都渋谷区千駄ヶ谷4-9-7
(株)幻冬舎コミックス　リンクス編集部
「きたざわ尋子《じんこ》先生」係／「陵《みささぎ》クミコ先生」係

リンクス ロマンス

臆病なジュエル

2014年1月31日　第1刷発行

著者……………きたざわ尋子《じんこ》
発行人…………伊藤嘉彦
発行元…………株式会社　幻冬舎コミックス
〒151-0051　東京都渋谷区千駄ヶ谷4-9-7
TEL 03-5411-6431（編集）
発売元…………株式会社　幻冬舎
〒151-0051　東京都渋谷区千駄ヶ谷4-9-7
TEL 03-5411-6222（営業）
振替00120-8-767643
印刷・製本所…共同印刷株式会社
検印廃止

ISBN978-4-344-83028-8 C0293
Printed in Japan

幻冬舎コミックスホームページ　http://www.gentosha-comics.net